～聖女も魔王も女帝も快楽に負ける～
最強クズ賢者の
完堕ちハーレム！
赤川ミカミ
Mikami Akagawa
illust: 100円ロッカー
KiNG novels

無邪気な魔王少女
アドワ
淫らな聖女様
セラピア

貪欲な女帝
ペリスフィア

彼女たちは四つん這いになると、
その丸いお尻をこちらへと向ける。
三人のおま○こが並ぶ様子は壮観で、
オスとしての欲望が煽られていった。
「ヴァール、ん、ほら……」

最強クズ賢者の完堕ちハーレム！

～聖女も魔王も女帝も快楽に負ける～

赤川ミカミ
illust：100円ロッカー

KiNG novels

最強クズ賢者の完堕ちハーレム!

contents

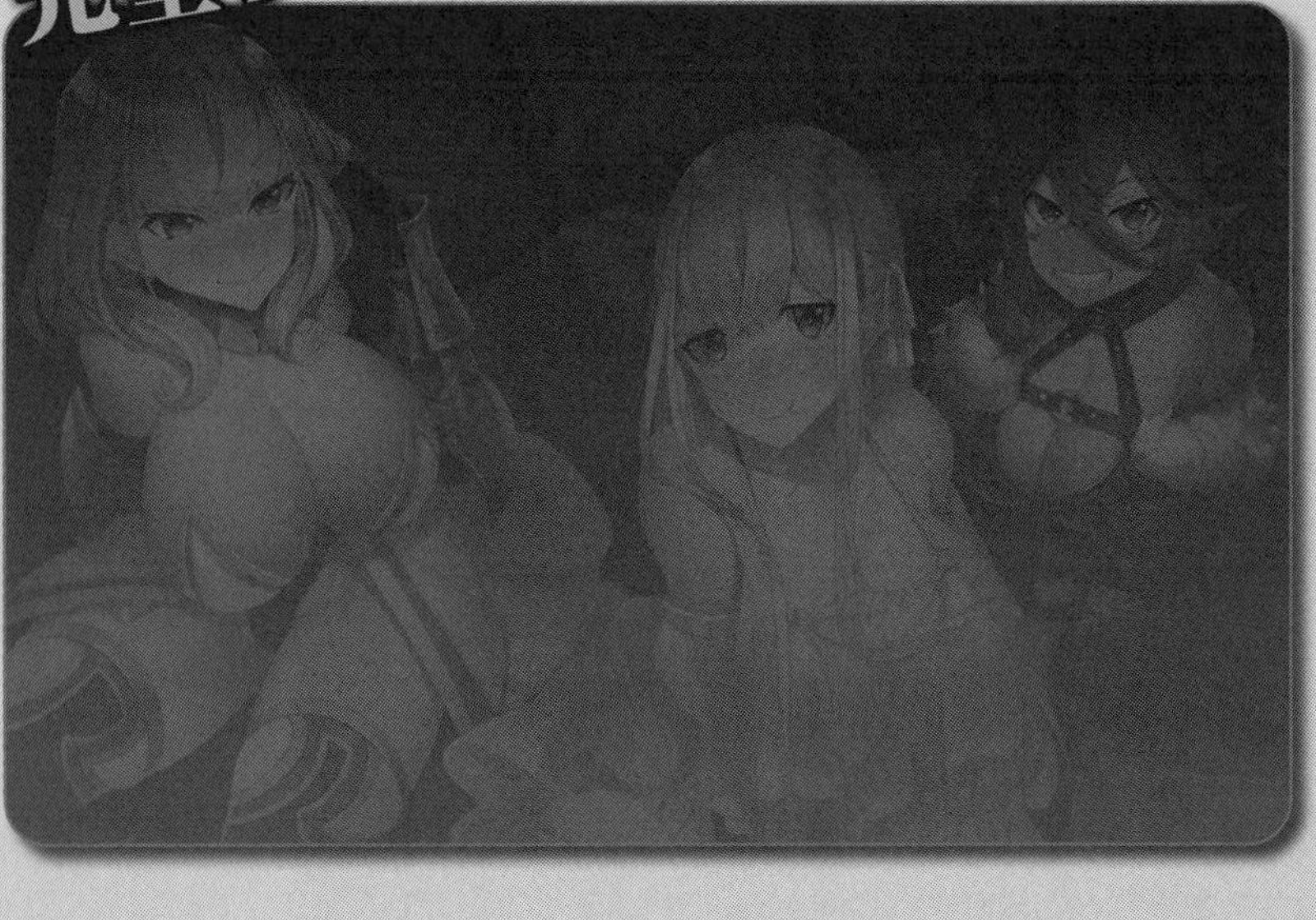

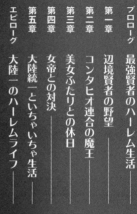

プロローグ　最強賢者のハーレム生活

少し前まで、この大陸は三つの大国がにらみ合う状態を、長く続けていた。

しかしその三つ巴はそれぞれの国を疲弊させていき、ある国は緩やかな衰退を止められないまま滅びを待ち、ある国は大陸外に活路を求めるものの全盛期は取り戻せず、というような有様だった。

そんな国々がついに、統一されたのだ。

それによって大陸全体が、よりよい暮らしを得られるようになっていた。

それぞれが発展させていた独自技術を合わせ、それでも足りない部分は、補い合うことで生活がどんどん豊かになる。

もちろん、侵略が行えれば短期的には手軽に、大きな利益を得ることができるのだろう。

しかしもう長いことにらみ合うばかりで、大きく争うこともなかった。

何かを手に入れることもなく、ただ互いに疲弊していくだけ。

そんな状況がやっと変わり、それを象徴するように、大陸の中央に新たな城ができている。

その場所は、賢者などと呼ばれていた俺が魔法研究に打ち込んでいた土地だ。

元々は僻地であったが、今はその新たな城で俺は、最高の美女たちに囲まれているのだった。

その美女たちは、元の三大国においても特別な身分だった者たちだ。

そんな美女に囲まれる、ハーレムライフ。

実際には賢者とは名ばかりで、ただ地味に魔法を研究するだけの毎日だった俺が、日によって代わる代わる、時には一緒にご奉仕にくる彼女たちと、めくるめく日々を送っている。

そして今夜は、三人がそろって部屋を訪れていた。


「ヴァールさん、こちらに」

そう言って俺をベッドへと導いていくのは、セラピア。

優しげな雰囲気の美女だ。

きれいな金色の長髪を揺らしながら、優しく俺と腕を組む。

すると、その柔らかな爆乳がむにゅりと俺の腕でかたちを変えた。

その気持ちよさを感じながら、ベッドへと向かっていく。

セラピアは、教会が大きな力を持つ王国の聖女だ。

その肩書きにふさわしい、優しく穏やかな性格の女性。

しかし、清廉なイメージに沿おうと頑張っていた結果、かつては欲望をため込んでしまっていた。

反動なのか、今では優しさはそのままに、しかしすっかりとえっちな女性になっている。

そんな彼女に誘導されるまま、ベッドへとたどり着く。

「それじゃ、脱がしていくよ♪」

そう言って俺の服に手をかけてきたのは、元気な美少女のアドワだ。

赤い髪をポニーテールにしている彼女は、手慣れた様子で俺の服を脱がせていく。

見た目は明るく快活な美少女だが、実は元魔王でもある。

その戦闘力は随一で、それこそ彼女が本気になれば、この城を吹き飛ばしてしまうこともできるだろう。

もちろん、そんなことはしないのだが。

そんなことを考えている内に俺の服が脱がされてしまうと、いち早くペリスフィアが足の間へと入り込んできた。

「ヴァールのここ、まだおとなしいですわね……あむっ♥」

そう言って、俺のペニスを口へと含んだ。

セミロングの、いかにもなお嬢様のペリスフィア。

整った顔立ちの、気の強そうな美女である彼女が肉竿への愛撫を行う。

その雰囲気にふさわしく、彼女は元帝国の女帝だ。

その辣腕《らつわん》で帝国を立て直そうとしていた、才色兼備の女性なのだった。

「あむっ、れろっ、ちゅぽっ……」

そんな彼女が、まだおとなしいままの俺のペニスをしゃぶっている。

そんな贅沢な光景と、温かな口内の気持ちよさに、俺の肉竿が少しずつ反応していった。

「んっ♥　ふぅっ、あぁ……♥　おちんぽ、大きくなってきましたわ……♥　れろっ、ちゅぷっ……ん、ぺろっ」

「うぉ……」

勃起していたい肉棒に、嬉しそうにしゃぶりつき、なめ回してくるペリスフィア。

その気持ちよさに、思わず声を漏らしてしまう。

「あむっ、れろっ……ん、ちゅぷぅ♥」

彼女は勃起竿をしゃぶり、なめ回していく。

「ふふっ、大きなおちんぽ♥　お口に入りきりませんわ♪」

ペリスフィアはそう言って、先端を中心的に責めてくるのだった。

「じゃああたしが根元のほうを、はむっ♥」

そう言って、アドワが肉竿の根元を唇で挟み込む。

「ん、ふぅっ……」

そしてそのまま、唇で根元をしごいてくるのだった。

美女ふたりが俺の肉棒を、お口でご奉仕している。

気持ちよさはもちろん、その光景も俺を昂ぶらせていった。

「あらあら……ヴァールさんのおちんぽ♥　おふたりにすっかりしゃぶり尽くされてますね♪」

セラピアが楽しそうに言いながら、身体を寄せる。

「では私は……こっちを、れろっ」

「うぉ……」

セラピアは肉竿ではなく、その下、陰嚢へと舌を這わせてきた。

「ヴァールさんの精液が詰まったタマタマを、れろっ♥」

肉竿の直接的な気持ちよさとは違う、くすぐったいような刺激だ。

「れろっ、ちゅぽっ……」

「ん、あふっ、ちゅぽっ……」

「れろれろっ、ぺろぉ♥」

三人が、俺の男性器全体をそれぞれに刺激してくる。

「先っぽを咥えて、ちゅぽっ♥ ちゅぷぷっ！」

「おちんぽをしごくように、じゅぶっ、ちゅぼっ」

「タマタマを舌で転がして、れろれろれろっ」

「うぅ……」

三人の責めに声が漏れる。

それぞれの愛撫はタイミングが微妙にずれているのだが、それがかえって休みなく快感を与えてきているのだった。

「れろろっ……♥ ん、先っぽから、我慢汁が出てきましたわ。ぺろっ、ちゅぅっ……」

「ペリスフィア、それっ……」

彼女はあふれる先走りを舐め取り、さらに吸いついてくる。

敏感な先端を吸われ、舐められ、快感が増していく一方だ。

「タマタマも、いっぱい精子作ってくださいね♥　ぺろぉっ♪　んっ、れろれろっ……あむっ♥　ちゅぷっ……」

セラピアが睾丸を舐め、優しく唇で刺激してくる。

その愛撫で、玉が活性化しているような感じがした。

「あむっ、じゅぽっ……根元をしごいて、精子びゅっびゅって出せるように、んむっ♥　じゅぷっ、ちゅぱっ！」

アドワが根元をしごき、射精へと導いてくる。

「ん、ちゅぱっ、タマタマ上がってきてますね。もう、射精の準備、始めちゃってます♥　れろれろっ、ちゅぱっ♥」

「あむっ、じゅぷっ、じゅぼぼっ♥」

彼女たちになめ回され、しゃぶられ、俺は限界を迎えつつあった。

「う、もう出そうだ……」

「いいですわ。じゅぽっ……♥　ん、ちゅぽっ……わたくしのお口に精液、いっぱい出しなさい♥　じゅぶっ、じゅるるるっ！」

そう言うと、ペリスフィアが肉棒を吸っていく。

「じゅぶじゅぶっ！　ちゅぱっ」

「ちろっ、れろれろれろっ」

そしてふたりも、射精を促すように愛撫を行っていく。

「じゅぽっじゅぽっ、じゅぽぽっ！　れろっ、じゅるるっ……ちゅぅっ……♥　ちゅぱっ、じゅぶじゅぶっ、じゅぼぼぼぼぼっ！」

「う、ああっ……！　出るっ！」

俺はそのまま、彼女の口内に射精した。

「んむっ、んむ、ちゅぅぅっ♥」

「おぉ……」

ペリスフィアは射精中の肉棒に吸いつき、さらにバキュームしてくる。

「んむ、じゅぶっ、んく、ちゅぅっ♥」

彼女はそのまま、精液を飲み込んでいった。

「ん、ごっくん♪　ふふっ、濃い精液、いただいてしまいましたわ♥」

最後に軽くしゃぶってから肉竿を放したペリスフィアが、妖艶な笑みを浮かべる。

「ヴァールさん、んっ……」

「まだまだ、こっちは元気♪」

そしてセラピアとアドワが、射精したにもかかわらず萎える気配のない肉竿を刺激してくる。

「次はあたしたちのおまんこで、精液出して♪」

「ああ」

俺はうなずいて、三人に言った。

「それじゃ、四つん這いになってくれ」

「うん♪」

俺が言うと、彼女たちはすぐに動いた。

すぐにでも入れて欲しくてたまらない、というような反応の早さに、俺の昂ぶりも増していく。

彼女たちは四つん這いになると、その丸いお尻をこちらへと向ける。

三人のおまんこが並ぶ様子は壮観で、オスとしての欲望が煽られていった。

「ヴァール、ん、ほら……」

アドワがふりふりとお尻を振って、こちらへとアピールしてくる。

「ヴァールさん、私のおまんこに、おちんぽを挿れてくださいっ……♥」

セラピアはそう言うと、自らの両手で左右から大胆におまんこを広げる。

愛液をあふれさせる、そのピンク色の内側がヒクヒクと快感を求めているようだった。

「わたくしも、ん、こんなに濡れてしまってますわ……♥」

そう言って、ペリスフィアが指先でくぱぁと割れ目を押し広げる。

そんな風に三人に求められ、俺はもう我慢できなかった。

俺は最もドスケベに誘ってきたセラピアへと迫った。

「ヴァールさん、ん、あぁっ……♥」

はしたなくアピールしてきたそのおまんこに、肉棒を挿入していく。

「んはぁっ！　あっ、んんぁ……♥」

蠕動する膣襞が、すぐに肉棒に絡みついてきた。

俺はその熱い抱擁を受けながら、ゆっくりと腰を動かしていく。

「んはぁっ♥　あっ、ん、ふぅっ……ヴァールさんの、あっ♥　逞しいおちんぽが、私の中を、ん、はぁっ……♥」

蜜壺のなかを往復していく。

たっぷりの愛液をあふれさせながら、吸いついてくる膣襞《ちつひだ》。

それをかき分けてピストンを行う。

「んぁっ♥　あっ、ん、ふぅっ……！」

セラピアは聖女らしからぬ嬌声をあげながら突かれていく。

「あふっ、ん、はぁっ、中、あっ♥　んぅっ……！」

俺は彼女の腰をつかんで、大胆に抽送を繰り返していった。

「んぁ、ああっ♥」

膣襞を擦り上げていくと、彼女もどんどんと高まっているようだった。

一対一ならこのまま上り詰めていくところだが、今日は三人も一緒に来ているのだ。

俺は一度セラピアのおまんこから肉棒を引き抜くと、隣のアドワへと挿入していった。

「んはぁっ♥　あっ、すごい、急に、おちんぽ♥　ああっ！」

驚いたように声をあげる彼女だが、おまんこのほうはすでに十分以上に濡れており、喜ぶように締めつけてきた。

そんな彼女の蜜壺をかき回していく。

「ああっ♥　ん、ふぅっ、ああっ♥」

腰を振っていくと、アドワはかわいらしい声をあげていく。

「あっあっ♥　ヴァール、ん、あふっ！」

ハリのあるお尻に指が沈み込む。

「ん、ああっ♥　奥、来てる、んはぁっ！」

リズミカルに腰を振りながら、その尻の奥へとおまんこを味わっていく。

「ね、ヴァール……」

そんな俺のほうに、ふたつ隣のペリスフィアが物欲しそうな顔を向けてくる。

気の強そうな彼女が、乞うような表情をするのはとてもそそるものがあった。

「ああ……」

だから俺は、そんな彼女にうなずいた。

そしてアドワから肉棒を引き抜くと、ペリスフィアの元へ。

そのぬれぬれおまんこに肉竿をあてがうと、一気に挿入していった。

「んあぁぁあっ♥」

ぐっと一気に奥まで入れると、ペリスフィアが大きく声を上げながら、背中をのけぞらせるようにした。同時に、膣襞がぎゅっと肉棒を締めつけてくる。

「あっ♥　ん、はぁっ！」

負けじと押し込み、蠢動する膣襞を擦り上げていった。

「んはぁっ♥　あっ、ん、くぅっ、ヴァール、あぁ……♥」

俺は最初からハイペースで腰を振っていく。

「んぁ、ああっ♥　そんなに、あっ♥　激しくおまんこ突かれたら、ん、ああっ、わたくし、ん、はぁっ♥」

そんな言葉とは裏腹に、膣内は喜ぶように肉棒を締めつけてくる。

「あっ♥　ん、はぁ、あふぅっ……♥」

そしてまた肉竿を引き抜くと、セラピアの元へ。

「あふっ♥　ヴァールさん、んぁっ！」

セラピアの膣内を味わい、違いを楽しみながら往復していく。

「んはぁっ♥　あっっ、ん、ふぅっ……！」

俺はそうして、彼女たちのおまんこを順番に味わっていった。

「んはぁっ、ああっ、奥、いっぱい、ああっ！」

「あぁっ！　おちんぽ♥　中をかき回して、んあっ！」

「あっあっ♥　すごいのぉ♥　ん、あうぅっ！」

代わる代わるに、愛らしい秘穴を突いていく。

こうして三人の美女を同時に抱くなんて、普通ならできないことだ。

その優越感がさらに興奮を煽ってくる。

「ああっ♥　ヴァールさん、あっ♥　んはぁっ」

「おちんぽ♥　あたしの中、いっぱい、ああっ！」

「んぉ♥　あっ、ん、はぁ、ああっ！」

そうして順番に、蜜壺をかき回していくのだった。

「あっあっ♥　ん、ヴァールさん、私、あっ♥　もう、んぁっ！　あっ、イキそう、ですっ……♥

ん、はぁっ……！」

「そうか、それなら……」

俺は一度、セラピアに集中して腰を振っていった。

「んはぁっ♥　あっ、ん、あぅっ！」

彼女たちを三人一緒に楽しんでいたわけだが、交代交代の彼女たちに対して、俺のほうはずっと
刺激を受けていたのだ。

それもあって、こちらも限界が近い。

こみ上げるものを感じながら、セラピアのおまんこをかき回してった。

「んはぁっ！　あっ、ん、はぁっ！」

美しき聖女様が、淫らな嬌声をあげながら上り詰めていく。

「ああっ、もう、イクッ、イキますっ……♥　んっ、あっ♥　あっあっ♥　あんっ、ん、はぁっ、あ
あっ♥」

「う、俺も出そうだ」

そう言いながら彼女の腰をつかみ、腰を打ちつけていった。

「ああっ♥　んぁっ、あっあっあっ♥　イクッ！　んぁ、ああっ、いくっ、イクイクッ、イックウウゥウゥッ！」

「う、ああ……！」

どびゅっ、びゅるっ、びゅくくっ！

腰を突き出すと、セラピアのおまんこに中出しをしていく。

「んはぁぁぁっ！　あっ、ああっ♥　熱いの、私の中に、あっ♥　びゅくびゅく出てますっ……♥　んはぁ、ああっ……」

きゅっと締めつける絶頂おまんこに、精液を吐き出していった。

「あっ♥　ん、はぁ……♥」

そしてしっかり射精を終えると、肉棒を引き抜いた。

「ん、あぁ……♥」

セラピアは絶頂と中出しの余韻に浸りながら、そのまま姿勢を崩してベッドへと横になる。

俺も射精後の脱力感を覚えながら、ベッドに座り込む。

「ヴァール、えいっ♥」

「うぉ……」

そんな俺に、アドワが抱きついてきた。

彼女はそのまま俺に跨がるように抱きついてくる。

大きく柔らかなおっぱいが、俺の胸板でかたちを変える。

その心地よさを感じていると、アドワが軽く腰を動かし始めた。

割れ目が肉竿を擦り上げ、おねだりをするように刺激してくる。

そんな風にされれば、俺の肉棒も硬さを保ったままになる。

「ん、まだ元気だな♪　ん、しょっ……」

そして彼女は腰を上げると、肉竿を自らの膣穴へと導いてくる。

「んぁ、ああっ……♥」

そしてそのまま、対面座位のかたちで繋がったのだった。

「あふっ、ん、ああっ……♥」

アドワはそのまま体重をかけ、腰を動かし始める。

俺の肩へと手を回し、ピストンを行っていく彼女。

「あっ♥　ん、はぁ、ああっ……♥」

俺は目の前で揺れるおっぱいへと手を伸ばした。

「あんっ♥」

むにゅりとそのたわわな双丘に触れると、アドワが声をあげる。

「ん、あうっ……♥　あぁ！」

そのかわいらしい声を聞きながら、存分に下からも腰を突いていくのだった。

「あっ♥　ん、はぁっ、ああっ……♥」

彼女は俺にまたがって、嬉しそうに腰をふっていく。

「あぁ♥　ん、はぁ、ああっ！」

俺はそんなアドワのおっぱいを、むにゅむにゅと楽しんでいった。

「あっ、ん、ふぅっ、おっぱいも、んっ♥　おまんこも気持ちよくて、あっ♥　んぁ、ああっ！」

アドワは気持ちよさそうに喘ぎながら、腰のペースを速めてきた。

「あっあっ♥　ん、はぁっ！」

一度出した俺とは違い、まだイッてない彼女は、さきほどの盛り上がりのまま激しくピストンを行っている。

「んはぁ！　あっ、ん、くぅっ♥」

アドワがうっとりと俺を見つめる。

「ヴァールの、んっ♥　おちんぽ、気持ちいい♥　あっ、ん、はぁっ！」

そんな彼女の腰ふりで、どんどんと快楽が送り込まれてくる。

「あっ♥　んはぁ、あふ、あっ、もう、イキそうっ♥　ん、もっと、ああっ……ふぅっ、んぁっ！」

俺はその双丘を楽しみながら、肉竿が強く締めつけられるのを感じていく。

「んはぁっ♥　あっ、ヴァール、ん、ああっ……！」

蠕動する膣襞が肉竿を擦り上げていく。

彼女の興奮に合わせるように蠢くその襞が、肉棒にますます絡みついてきていた。

「あっあっ♥　ん、あふっ、ああっ……♥」

おっぱいから手を離すと、彼女の膣奥をもっと感じさせるために、こちらからも腰を突き上げていった。

「んはぁぁあっ♥　あっ、それ、んぁ、つっつくの、だめぇっ……♥　あっあっ♥　そんなにされたら、んはぁっ♥」

アドワは嬌声をあげながら、俺にしがみついてくる。もう限界が近いようだ。

しかし俺はそのまま、蜜壺を責め続けていく。

「あぁっ♥　もう、イクッ！　あっあっあっ♥　イクイクッ！　んぁ、ああっ、あたし、あっ、イクッ！　ん、あぁぁぁぁぁっ♥」

彼女はぎゅっとひときわ強く俺にしがみつきながら、絶頂を迎えた。

おまんこがぎゅっと収縮し、肉竿を締めあげる。

「あふっ、ん、はぁっ……♥」

俺はそんなアドワの細い腰を抱きしめ、落ち着くのを待った。

「ん、はぁっ……あぁ……♥」

ようやく落ち着いた彼女をベッドに寝かせると、ペリスフィアへと向き直る。

「あっ……んっ♥」

彼女は自らのおまんこをいじりながら、うっとりとこちらを見た。

どうやら、待ちきれず自分でいじっていたようだ。

「あんっ♥　ん、ヴァール、あふっ」

そして彼女を押し倒すと、準備のかいもあってしっかりと潤いを保っていたそのおまんこに、肉棒を挿入していく。

「んはぁっ♥　あっ、おちんぽ、きたぁ……♥」

彼女ははしたくも、嬉しそうな声を出してそれを受け入れた。

濡れ濡れおまんこが肉棒を咥えこみ、歓喜に震える。

俺はそんな彼女をじっくりと見つめながら、腰を振っていく。

「んはぁっ♥　あ、おぅっ♥　そんなに、おまんこ勢いよくかき回してはだめですわっ♥　あっ、ん、はぁっ！」

ダメと言いながら嬉しそうに声をあげていくペリスフィア。

柔軟なおまんこを、どんどんと突いていく。

「ああっ♥　ん、はぁ、ヴァールの、逞しいおちんぽ♥　わたくしのおまんこを、ズンズン突いてきて、あっ♥」

凛々しい美女が、嬌声をあげてその快感を受け止めていく。

「あんっ♥　あっ、んはぁっ！　もっと、あっ♥　ん、あふっ、んはぁっ！」

蠕動する膣襞が肉棒を締めつけ、さらに求めてくる。

「んはぁっ♥　あっ、ん、あんっ♥　んぅっ！」

俺は昂ぶりのまま腰を振っていった。

「あふっ、ん、ああっ♥　だめぇっ♥　ん、はぁ、そんなに、かき回されたら♥　あっ、わたくし、もう、イってしまいますわっ♥」

そう言いながら、腰を突き出してくるペリスフィア。

興奮のまま肉棒を咥えこみ、刺激してくるおまんこに包まれて、俺のほうも再び射精欲が増していった。

「あっ♥ ん、はぁっ♥ おちんぽ、ああっ！ わたくしの中で、大きくなって、あっあっ♥」

「う、ペリスフィア、このまま出すぞ……」

「はいっ♥ ん、はぁっ！ わたくしの、あっ♥ おまんこにヴァールのザーメン、出してぁっ♥ん、ああっ！」

「おぉ……！」

きゅっと反応する膣襞に気持ちよさを感じながら、俺はピストンの勢いを上げていく。

「んはぁぁっ！ あっあっ♥ もう、イクッ！ んぁ、おまんこイクッ！ あっ、んはぁっ、んおおっ、ああっ！」

淫らに大きな声をあげながら、上り詰めていった。

「あぅっ♥ ん、おぉっ♥ あふっ、あっ、んん、あっあっ♥ イクッ！ おまんこイクッ！ あっあっあっ♥ イクウゥゥゥゥッ！」

「う、おぉ……！」

絶頂するおまんこが精液を求め、肉棒を絞り上げる。

俺はその絶頂締めつけに耐えつつ、ぐっと腰を突き出すと、そのまま盛大に射精していった。

「んおおぉぉぉっ♥　あっ、んぁ、出てますわ、んぁ♥　ヴァールの、子種♥　わたくしの奥に、あっ、んはぁっ……♥」

ペリスフィアもまた、俺の中出し射精を受けて、嬉しそうに声をもらしていった。

「あっ♥　んはぁ……」

しっかりとすべての精液を注ぎ込んでから、肉棒を引き抜いていく。

「あぁ……♥　あふぅっ……」

彼女はそのままぐったりと脱力していく。俺は一息ついて、改めて彼女たちを眺めた。

ベッドの上で、快楽にとろけてすっかりと体力を使い果たしている美女たち。

三人ともが俺を求め、こうして乱れてくれる。

本来なら、ひとりでも俺には不釣り合いなほどの、立場もある彼女たち。

そんな三人が喜び、床をともにしてくれているのだ。

その満足感に、胸がいっぱいになる。

「ヴァールさん」

「ん、こっち……」

ベッドに先に寝転がっていたふたりが、そのまま俺を引き込んでくる。

俺は彼女たちの間に入って寝そべった。ふたりはそんな俺に抱きついてくる。

行為後の火照った肌と、その柔らかさを感じながら、俺は幸せに包まれていくのだった。

第一章　辺境賢者の野望

かつてのこの大陸には、栄華を誇った魔法大国があった。

今、俺が立つこの廃墟は、その末裔だった国のひとつだ。

だがすでに人々が去って久しく、遺跡は荒れ果て、蔦《つた》が生い茂っている。

建物もところどころ崩れている部分があり、場合によっては近づくことさえ危険かもしれない。

そんな廃墟となった街の中を、俺は今日も歩いていた。

当然、周囲に人などいない。

朽ちかけた街はもう長い間、ひっそりとただたたずんでいた。

普通なら、こうして空いている土地――それも、元々は国家の中心があったような恵まれた立地なら、誰かが移り住むだろう。しかし、その気配はまったくない。

この大陸は今、三つの国がにらみ合っており、どの国も新たな領土を欲しがっているのに……だ。

しかし、そうだからこそこのあたりは、誰も手を出さないでいる。

どこかが獲得に動こうものなら、当然他の国も動く。

しかし、三すくみというのは非常に厄介な状態だ。

二国が争い始めれば、得をするのは漁夫の利を得る三つ目の国。

とはいえ、状況次第ではその三国目も対応せざるを得ないわけで。

三つの国はそれぞれに、自分こそが得をしようと思うあまり、互いに動けないでいる。

俺がこうして自由に廃墟をうろつけるのは、その状況のお陰だった。

魔法大国の滅亡とともに消えてしまった独自の魔法を研究するために、俺はこのあたりを調べている。

この土地に村でも作ろうものなら、すぐにでもバレて他国から横やりが入るだろうが、俺ひとりが忍び込むくらいであれば、どうということはない。

すでに散々に荒らされて久しいから、そこまでガチガチに監視されているわけではないしな。

「それに……」

俺だけなら、警戒されていても忍びこむくらいはできる。

これでも一応、一部からは賢者などと呼ばれる魔法使いだしな。

魔法には様々な性質や属性がある。例えば、わかりやすい炎魔法や回復魔法なんかが一般的だ。

しかしそれ以外にも、一時的に武器を作り出したり、他者の認識をゆがめたりと、いろいろなこともできる。

もちろん、魔法に対する耐性が高い人間もいるし、武技を極めていれば力尽くで魔法を打ち破ることも可能なので、万能というわけにはいかないが。

ただまあ、俺の場合は魔法の研究ばかりしていることもあって、各国の都市部にいるような一流の術者か、よほど才能がある相手でもない限り、ある程度の魔法は通すことができる。

それに最近は——さらに自信を深めていた。

俺は遺跡で手に入れたばかりの、あるマジックアイテムに目を向ける。

それは一見すると、なんてことのない宝石の欠片《かけら》だ。

形は歪だし、大きさだって二センチ程度のもの。

やや青みがかっているのはきれいだけれど、宝石としての価値はほとんどないだろう。

だが、この石は特別だった。

これを手に入れてから俺の研究は一気に進み、同時に魔法使いとしても力が跳ね上がったのだ。

今の俺ならば、一流の術者相手だろうと、大軍が相手だろうと、悠々と立ち回ることさえできそうだった。

それもそのはず。

俺が手にしたこれは、強大な魔力を持つ唯一無二のマジックアイテム【賢者の石】——その欠片だからだ。欠片、というと不完全で弱そうではあるし、実際にも本来の賢者の石と比べれば、その力はかなり劣るものなのかもしれない。

だが、それでも。

今、この大陸を分けている三カ国がそれぞれ手にしているのが、これと同じ賢者の石の、四分の一ずつなのだ。

そして俺が持っているこれもまた、かつてここにあり、今は滅んでしまった国が所有していた賢者の石の欠片だ。

もちろん、俺ひとりがそのままで国家と同等になれるわけではないが……それでもこれは、大国を支えるほどの魔力だ。各国をにらみ合い状態にさせている一因であることに、かわりはない。

これを手にした俺の研究は、激変した。

俺が目指していた領域なんてものは、あっという間に通り過ぎてしまったくらいだ。

だから今はさらに、魔法大国の機密情報を探している。この欠片……いや、賢者の石が本来はどのように扱われていたのか、どういうことができるのか、それを探っているところだった。

三大国でさえ、この石の本来の使い方はおそらく知らない。ただ強大な魔力を秘めただけの石として、相手を威嚇することだけに使っている。

石の欠片からここまでの古代魔法を引き出せるのは、俺が研究を続けてきたからこそだ。

しかし、俺自身は権力には興味がない。さらなる知恵を求めるだけ。石を手にしたことは、誰にも知られないように行動している。

そんな日々を静かに送っていたのだが……。

「なにか来たな」

欠片を手にしたことで使えるようになった警戒魔法の一つが反応する。

誰かがこの一帯に入ってきたときに、それを感知できる魔法だ。

「……十二人か、結構な数だな」

どこぞの山賊の類《たぐい》か、どこかの国が隠密に部隊を送り込んできたか。

変わり者の魔法使いひとり、わざわざどうこうするものでもない。

どこかの騎士だとしても、忍び込んだ俺の存在ごときで兵を出すはずもないだろうから、おそらく目的はこの遺跡そのものだろう。

「まあ、これが知られれば別だがな」

俺は石の欠片を握りしめた。

むしろ、この石が目的という可能性のほうがあるな。

賢者の石の欠片は、どの国だって欲しい。四つ目があること自体は知られている。

この遺跡がにらみ合いのまま放置されているのも、この石の存在が一因だろう。

三つ巴の大国の一つ、フォルトゥナ帝国は最近、大陸外への侵略を行っているらしい。

海の外には、まだまだ土地がある。そこを狙っているのだ。

そのフォルトゥナ帝国がこっそりと送り込んできたか、あるいは隙をついて、ライバルのイラージュ王国のほうが石を探しだしに来たか。

いずれにせよ、関わると厄介だ。探知魔法によれば、まだ充分に距離はある。

俺は早々に遺跡を離れ、拠点にしている小屋へと戻ったのだった。


そのあとで、俺は魔法によって、遺跡に来たのがイラージュ王国の騎士団だということを知った。

しばらくは、動かないほうがいい。そう思い、引き籠もること数日。

騎士団は一通り遺跡の、特に元の王城あたりの探索を行っていたようだった。

「やはり狙いは石の欠片か」

大陸の外へと侵攻した帝国と違い、これまでには目立った動きを見せていなかった王国。

王国にとっても、石が現存するならば、欠片は大きな逆転の一手になり得るものだろう。

俺は騎士団が来ている間、遺跡のほうへは行かずに小屋で研究をして過ごしていた。

わざわざかちあっても、面倒なだけだしな。

国家崩壊と共に、四つ目は永遠に失われたとされている。だから奪い合いまではせずに、放置。

だが、万一に備えて相手国には渡さない。ここはそんな土地だが……。

こんなふうに、諦め悪く調査隊を送り込んでくることは、たまにあった。

この小屋は、遺跡からも充分に離れている。周囲の薬草研究のため……という言い訳も可能だ。

数日間おとなしくしていた俺だったがしかし、騎士団はついに、俺の小屋にまでわざわざ尋ねてきたのだった。

居留守……などできる気配ではないので、仕方なく応対する。

「お前が、このあたりで研究をしているという噂の賢者だな」

正面には四人。裏手側にも四人いて、側面側にもさらに四人が控えている。

わざわざ全員で来たのか。

正面から声をかけてきたのは、おそらくこの調査隊のリーダーだ。

実力者が多いという王国騎士の中でも、堂々とした威厳を放っている。賢者の石の欠片を、少人数で密かに捜索する――その任務を考えれば、実力者をよこすのは当然だろう。

「まあ、そうだが」

この世界では変わり者の魔法使いである俺は、その分、元から扱える魔法が多かった。

薬草研究という言い訳のためにも、その結果を人々に役立てたこともある。

それもあってか確かに、一部からは賢者などと呼ばれてはいるが……。

やはりこちらのことは、先に調べて知っていたみたいだな。

元々、逃げようがなかったってわけだ。

「以前から、このあたりで研究しているみたいだが……向こうの遺跡からは何か発掘しているか？」

そう尋ねる騎士。ハッキリとは言わないが、もちろん本当に聞きたいことは分かっている。

だが俺はひとまず、とぼけてみることにした。

「古《いにしえ》の魔法を調べるために、いろいろと素材を持ち帰ったり、実験に使ってはいるが……たいしたものはまだ見つかっていないな。俺は薬草のほうが本来の研究対象なんだよ」

「そうか」

騎士は短くうなずいた。

どうやら、長々としたやりとりをする気はないらしい。

素直に帰ってくれればいいが、そういうわけでもないだろう。

「お前たち魔法使いのように、魔法で心の内まで察知できるわけではないが――」

そう言って、騎士は剣に手をかける。

「それなりに経験は積んでいてな。勘は働く。賢者の石……お前はすでに、欠片を持っているのだな……」

相手があっさりと目的を口にしたことに、俺は肩をすくめて見せた。

まあ、ごまかせるような感じではない。

やるしかないのだろう。面倒といえば面倒だが、仕方ない。

「こんな荒れ地だからと、油断しているのか？　とりあえず三つ、ミスをしているな」

俺は三本指を立ててみせる。

「一つ、賢者などと呼ばれる厄介な魔法使いに対して、真正面から敵対する姿勢を示したこと」

石を持つ今の俺にはもう関係ないが、魔法使いは性質上、騎士よりも不意打ちに弱い。

どんな魔法を使うか決め、魔力を練り、発動させる。そういうプロセスがあるからだ。

たいていの場合それは、剣の一振りよりもずっと遅い。

しかしそのぶん、ひとつの魔法で正面の四人を一斉に攻撃することもできる。

魔法使い相手には、数的有利が必ずしも正しく作用しない。

それを考えても、最初から力ずくだというのなら、狙うべきは不意打ちだ。

この感じだとおそらく、俺が怪しくなかったとしても、武力で脅して探索を手伝わせるつもりだったのだろう。任務内容を考えれば、それはそれで正しくはある。

この辺りに詳しそうな者を従わせることができれば、賢者の石を探すのに役立つことだろう。

だが今は、軽率だったといえる。

「二つ、魔法使いの住処《すみか》で挑んでしまったこと」

何度も言うが、魔法は発動に時間がかかる。そもそも大勢相手では、魔力量が足りないこともある。誰もが村を焼き尽くせるような炎を個人で出せるなら、兵は魔法使いだらけになるだろう。

だがそうはなっていない。多くの人にとって、魔法はそこまで有利なものではないのだ。

しかし魔法使いは。道具や魔方陣の活用によって、本来よりも強大な力を扱うことも可能だ。

あらかじめ仕込んでおけば、実力以上の強力な魔法を扱うことができる。圧倒的に守備に有利な存在、それが魔方陣なのだ。

だから魔法使いを相手に、その拠点で喧嘩を挑むなどというのは、相当な戦力差がない限り上手くいかないし、犠牲も多くなる。例え精鋭揃いだとしても、甘いと言わざるを得ない。

「三つ、賢者の石の欠片なんていう強大なマジックアイテムを手にしていると思う相手に、挑んでしまったこと」

俺が持っていると踏んだのなら、なぜ挑むのか。その存在自体が秘匿されているので、効果の程を知らないのは無理もないがな。そもそも、古代魔法の発動に使えるとは考えもしないのだろう。

魔法大国から別れた三大国が一つずつ所有し、大陸での権勢をなんとか維持している。

だがそれは決して、本来ならば象徴としてだけの代物ではないのだ。

滅んでしまった四つ目のこの国は、他の三国のいずれかに敗れて消え去ったわけではない。

どちらといえば本来の使い方を試みようとして失敗し、その大きな力の暴走によって内側から崩れていったんだ。

決して少人数で挑むような、マジックアイテムではない。だが――。

「関係ないな」

そう言った騎士が、素早く抜刀し俺に襲いかかる。

周りの三人もそれに続き、裏手と側面の騎士たちも警戒態勢に移った。

なるほど、やはりそれなりにできる騎士たちのようだ。

その剣にも迷いはなく、一撃で俺の首を落とそうと迫る。

しかし残念なことに、それをゆっくり把握できてしまうほど、俺の時間は加速している。

「――っ！」

指先一つ動かしていない俺の背後から光の矢が放たれ、隊長騎士の胸を貫く。

彼が気づいたときには終わっており、そのまま絶命する。

それに気を取られることなく斬りかかってくる三人も、さすがと言ったところか。

しかし、俺の周囲に炎の壁が展開し、ほぼ同時に三人そろって灰になった。

裏手の四人は地面に空いた穴へ滑落し、側面の四人は周囲の木々から突き出た杭に貫かれた。

十二人の騎士たちは、戦闘開始からほんの数秒で全滅する。

「しかし、困ったものだな……」

イラージュ王国はいよいよ切羽詰まっているのか、石の欠片を本気で探しているらしい。

さらに俺の存在も知っていて、石の欠片を隠し持つ候補としてあげられているとは。

こうして騎士団が全滅した以上、遠からず王国側もそれに気づき、俺への疑念はさらに強まっていくだろう。

周囲に幻惑の魔法をかけて、この小屋にたどり着けないようにする、というのも一つの手ではあるが――。

「それもなかなか面倒だしな」

見つからなければ、ますます怪しむに違いない。何人もの王国の魔法使いを引き連れてくれば、完璧に隠し通すというのも難しいだろう。それに、ここそするのもしゃくだ。

ひと月ほど身を隠せばいい、というのならそう難しいことではないし、そのほうがいいと思うが、向こうが諦めることはないだろうな。

この先、ずっと何年も隠れ続けなければいけないというのは、厄介極まりない。

それなら、先にこっちから動くか。喧嘩をふっかけられたわけだし、買うのも自由だろう。

それにたしかに、残りの賢者の石も気になる。

元々俺は、このアイテムを求めて研究していたわけではないが……。

欠片の一つを手にし、その強大な力を感じれば、魔法使いとして興味が出るのは当然のことだ。

一つだけでも、失われた秘術をいくつも復活させ、多くの魔法を扱えるようになった。

これがもし二つ、三つ――そして完全になったならば、どれほどの力になるのだろうか。

賢者の石によって様々な魔法が、俺の思い描いていた地点をあっさりと越えることがわかった。

周囲から賢者などと言われていた俺の想像力なんて、たいしたことはなかったようだ。

生涯をかけてたどり着こうとしていた程度の魔法は、石の欠片があればたやすく到達できてしまう。そのことに満足してしまっている部分もあるが……。

長年の研究生活のなかで、俺の人生にはまだまだ足りないものがある。

そう、男として求めるべき、人生の潤いだ。

この石の力がもっとあれば、それも同時に手に入れられるのでは？

だから俺は次の目標として、「賢者の石」だけでなく「美女」を手に入れるという夢を抱いた。

「よし、やるか！」

そうと決めたら、行動は早いほうがいい。

俺は準備を進め、まずは先程の騎士たちの国、イラージュ王国を目指すのだった。

●

想像以上にあっさりとイラージュ王国に入り込み、苦もなく王都付近までは来ることができた。

そもそもイラージュ王国では、入国自体は誰でも簡単なんだけれどな。

大国間の領土争いはしばらく停滞しているので、緊張感も薄れていっている。

ただ、帝国だけは最近になって、他国からやや警戒されているみたいだ。

しばらく遺跡にいて俗世から離れていた俺は、イラージュ王国に入るときに、それを肌で感じることになった。警備が帝国に関してだけ厳しくなっている。もちろん俺は帝国民ではない。帝国に繋がるような持ち物もないとわかると、あっさりと通してもらえたのだった。

それでも王都に近づくにつれ、やはりよその国からの来訪者には厳しくなっていく。

政情が落ち着いているとはいえ、警戒は必要だろうしな。

イラージュ王国は教会が大きな力を持っていて、その本拠地もまた王都にある。

王都から少し離れたところにある「神樹《しんじゅ》」が信奉されており、その加護によって魔法王国崩壊を耐え抜き、栄えたという言い伝えがあるからだ。

そして、その神樹を清める力を持った者は聖女として選ばれ、教会と国家の両方の象徴的な存在として尊ばれている。だから聖女という存在は、ここではかなり重要視されている。

王国という名ではあるものの、実質的にはイラージュ王よりも、教会のほうが力を持っているのだった。

美しいと評判の聖女自身が国を動かしているわけではないが、国民からの支持は根強い。

ともあれ。

そんな理由もあって、今は外から来た人間はそうそう入れないという王都なのだが、そこは魔法で少し認識をいじって侵入させてもらった。

出入りを厳重にしている分、入ってしまえば緩いものだった。

元々が旅の一族の出身だし、研究のためにあちこち回っていたから、俺には厳密な出身国というものはないのだが、血筋でいえばイラージュ王国の者に近い。

なんとなく雰囲気や顔立ちも近いからか、周囲から目立つこともなかった。

少なくとも、コンタヒオ連合の魔族なんかではないからな。そこまでは目立たない。

コンタヒオ連合というのは、石の欠片らを持つ最後の一国のことで、魔族の国と呼ばれている。

そんなこんなで王都に入り込んだ俺は、まずは情報収集を行っていた。

遺跡のように隅々まで調べ尽くすわけにもいかないし、あまり大規模な魔法を使うと警備に感知されてしまうので、なかなか難しいところだ。

「そもそもどっちにあるのか……だよな」

賢者の石の欠片は、重要な国宝だ。

厳重に保管されているだろうが、それが王側か教会側か、という問題がある。

そんなことも考えつつ、両面の情報収集を行っていると、やはり先日のことが問題になった。

探索の騎士たちが戻ってこないことが確定的になり、城や教会では遺跡でなにがあったのかを調べているようだ。その調査を行う部隊も、すでに派遣されたらしい。

遺跡は、ちょうど三国間のど真ん中だ。

場所が場所だけに、王国もあまり派手には動けないようだが、やはりそう簡単に諦めもしないみたいだった。遺跡を離れてこっちに来たのは、正解だったみたいだな。

上手く入れ違いになれたが、あのままいれば今度はより多くの部隊と対面することになっていただろう。

本来ならそのあたりの情報も、そうそう手に入れられるものではない。遺跡への派遣自体が、表向きには行われていないものだ。当然、国民が知るところでもないのだった。

外側からちまちまと探るだけでは、このあたりが限界だろう。

もっと大胆に動かないとな。

そんなことを考えながら歩いていると、街中の人々がわっと盛り上がる。

何だろうかと思って目を向けると、どうやら聖女が通るようだった。

――聖女セラピア
初めて見た彼女は、想像以上に美しかった。

さらりと流れる金色の髪。

整った顔立ちに優しげな表情を浮かべている。

それだけでも、人気があるというのがうなずけるほどの美貌だ。彼女は道行く人の歓声に、和《なご》やかに応えている。

そういったところも、人気に拍車をかけているのだろう。

そんなふうに、知らずとも一目で聖女だとわかるほど聖女らしい彼女だけれど、その服装はなかなかに刺激的なようだ。

ベースとしては、ほぼ下着としか思えないような露出度の高さ。

その上にシースルー素材のひらひらとしたものを身につけているから、神秘的な雰囲気は出ているのだが……。

なにせ全身が透けているのに加えて、彼女自身とてもスタイルがよく、とくにそのたわわなおっぱいは異性の目を引くため、かなりエロくも感じられる。

優しげで清楚な美女が身につけているということで、本来ならば神秘的に見える衣装なのだろう。

しかし邪念まみれだと、かえってエロく見えるのかもしれない。

もちろん、俺は美女への邪念の固まりなのでエロく見える。

聖女であり本人もおとなしそうなのに、これほどドスケベな格好というのはとてもそそる。

石の欠片に加え、美女も手に入れたいとは思っていたが……セラピアを見て、その欲望はますます膨らんでいくのだった。

石の欠片が城にあるのか、教会にあるのかは、まだわかっていない。

これ以上の情報を得るにはもう、侵入してみるしかなさそうだ。

まずどちらに侵入するかだが……俺は迷わず、教会のほうに決めた。

●

石の欠片と神樹の加護によって、イラージュ王国は未だ大国としての偉容を保っている。

しかし探っていくと、内部はもうかなりボロボロだという噂が出てくる。

この国を実質的に支配する教会に忍び込んだことで、それは本当なのだと感じた。

争いがないのはよいが、大国としての権力だけに浸かった教会は、すっかりと身が重くなっているようだ。

なにをするにも派閥や思惑が交錯し、そういった力関係についてばかり気にするようになってしまっている。

決して、神の教えの元に一枚岩、とはいかないようだ。

俺は今、対象となる人間の認識力を操作する魔法を使い、俺のことをそれなりの立場にある神官だと思い込ませることで、教会の本拠地に忍び込んでいる。

そうして様々な人に話しかけ、イラージュ王国が持つ石の欠片について、情報を集めていった。

強い信頼も乗せた認識操作のおかげで、みんな疑うことなく俺に情報を話してくれる。

もちろん普通の魔法であれば、ここまで上手くはいかない。石の力、古代の秘法の応用だ。

その結果、意外にも石の欠片は国王が管理していることがわかった。予想が外れたわけだ。

聖女や神樹が完全に教会側だからという、パワーバランスの問題もあるらしい。

しかし、そこはこの国を実質的に支配している教会のことだ。

管理そのものは国王が行っているものの、結界の重要部分には教会の人間が食い込んでいるようで、王たちだけでは石の欠片を自由にすることはできないという。

「なるほどな……」

今回の目的である情報は、ほぼ入手できた。

しかし、まだまだ問題はある。

実際に石の欠片を手に入れるには、結界を解くためにまず、教会を切り崩す必要がありそうだ。

しかし、こうして認識操作も上手くいっているようだし、次はより深部を狙って魔法を使えば、なんとかできるかもしれないな。

そう思い、石の欠片を管理している人間に近づくための情報を集めていく。

数日をかけて潜入を続けた、その最中だった——。

「あら？」

最奥のエリアに立ち入った俺は偶然にも、ひとりで歩いている聖女セラピアと行き会った。

教会内とはいえ、こんなことがあるのだろうか。警護を連れている様子もない。

しかも、相変わらずのエロい格好だ。

優しげな美人だというのに、服はエロく、その爆乳が柔らかそうに揺れている。

思わず襲いかかりたくなるような美女だったが、今はそのときではない。

無難な挨拶をして通り過ぎようと思ったのだが……。

「あなた……」

セラピアは俺へ警戒の視線を向けると、すっと後ろへと下がった。

認識操作が効いていない……？

他の人間には問題なく効いていた魔法だが、どうやら彼女にだけは通じなかったらしい。

さすが聖女、ということなのだろうか。

「誰か——」

声をあげようとした彼女に、俺は素早く魔法を放つ。さすがに俺が魔法使いだとまでは思わなかったようだ。不意を突くことができた。

「う、あぁ……！」

「しかし……これも効ききらないか」

声を出せないようにする魔法をかけたものの、彼女は小さいながらも声を発していた。

しかし、認識操作よりは効果が出ている。

そのことで、彼女の魔法への耐性の度合いが分かった。

認識操作は元々、難易度がかなり高い魔法だ。それに比べれば劣るものの、声を出させないような行動阻害系も、それなりには難しい部類に入る。

これらはそもそも、使えない魔法使いのほうが多いくらいの難度だ。

俺としても専門ではなく、そこまで得意な部類ではない。

それでなくても認識操作は、強い意志があるほど効きにくい。

どうやら不得意な分野の高レベル魔法だと、俺の実力ではまだ、彼女には上手く効かないらしい。

戦闘となればもちろん、この場を切り抜けるのは可能だが、聖女である彼女を傷つけてしまうのは明らかにまずい。

野望へのターゲットとなる美女への個人的な欲望を別にしても、悪手すぎる。

それにもし聖女に何かあったなら、教会を含む国全体の警戒度が格段に上がってしまうだろう。

となると、なんとか彼女を傷つけずに俺に従わせなければ。

不得手な魔法では彼女にはじかれてしまうのならば、得意な魔法を使うしかない。

俺にとってのそれは、欲望の解放を行う魔法だ。

普段は解放させた欲望を起点にして、さらに操作を行ったり、判断力を鈍らせたうえで別の魔法をかけていく。

しかし、彼女は特別だ。念には念を入れる必要がある。

欲望を解放させて起点を作るとすぐに、そのままさらに欲望を膨らませることにした。

――はたして。

聖女である彼女がその心に宿す、いちばんの欲望とは何だろうか。

これればかりは、解放してみないと俺にもわからない。魔法が効けば、普段から抱《いだ》いている最も強い欲求が溢れてくるはずだ。

これまでの経験から言えば、金銭欲や保身、あるいは誰かへの憎悪であったこともある。

魔法が効果を現し始めると……。

「ん、あっ……」

彼女は小さく、甘い声を漏らした。

そしてなぜか、もじもじとし始める。

「ほう――」

俺はそんな彼女を眺め、おそらくは笑みを浮かべていたことだろう。

「あ、あなた、何を――んっ……」

彼女はそのきれいな顔を、赤くしていく。

「どうやら聖女様がため込んでいた欲望は、そういう類《たぐい》のものでしたか」

金銭欲や憎しみよりもよほど正常で、健全だ。

優しげな姿に裏はなかった、ということでもある。

しかし聖女――信者たちの憧れであり、清楚な彼女といえど、女だったようだ。

人間としての欲がまるでない、などということはなかったわけだ。

思えば、格好もドスケベだしな。俺の抱いた印象のほうが正しかった。

聖女セラピアの抱く最も強い欲望は間違いなく、性的なものだ。

聖女としての清らかさの内側には、その魅力的な肉体や衣装にふさわしい、エロい欲求を隠していたのだった。

「あっ……んんっ……」

彼女は性的欲求を強引に膨らませられたことで、発情してしまっているようだった。

目の前にいる俺を部外者だと認識し、危機は感じているものの、抗えない発情によって判断力はもはや無きに等しいだろう。

俺はそんな彼女に声をかける。

「さあ、ひとまずはこちらの部屋に。こんなところを誰かに見られても、困るだろう？」

「んっ……」

彼女は俺に言われるまま誘導され、近くの部屋へと入った。

「何を、あっ……んっ……」

セラピアは赤い顔とうるんだ瞳で俺を見た。

そんな目を向けられると、こちらも興奮してしまう。魔法は充分に効いている。こうなればもう、俺の思うがままだ。

「こんなエロい格好で……誘ってるんだな」

「そんなこと、あっ……」

俺は、彼女の細い腕をつかんだ。

するとセラピアは、ぴくんと身体を跳ねさせる。

それはもう、教会に忍び込んだ不審者に触れられた恐怖によるものではなく、オスを目の前にしたメスの反応だった。

「このおっぱいに触れたいと思っているやつが、どのくらいいるんだろうな」

そう言いながら、俺はセラピアのおっぱいへと手を伸す。

「あんっ……♥」

むにゅり、と柔らかな極上の感触が手に伝わるのと同時に、彼女の口から甘い声が漏れた。

「あなたは、ん、はぁ……」

「ヴァールだ」

俺は名乗ると、その柔らかおっぱいを両手で揉んでいく。

「んぁ、あっ、んっ……♥」

むにゅむにゅと手を動かし、その最高の爆乳を楽しんでいく。

聖女のおっぱいは俺の手を受け止めて、様々にかたちをかえていった。

指の隙間からあふれ出す乳肉は、とてもエロい。

「あふっ、ん、はぁっ……♥」

「見ず知らずの男に胸を揉まれて、感じてるんだな」

「そんなこと、あっ、んんっ……私は、あぁっ……♥」

俺は手を動かし、邪魔な布をずらしてく。

「あっ、んんっ♥」

ぶるんっと揺れがら、聖女様の爆乳がこぼれ出た。

抜けるような白い肌。その中にむっちりと詰まった、ボリューム感たっぷりの爆乳だ。

エロすぎるその膨らみを、俺は遠慮なしに楽しんでいく。

「あぁ……ん、こんな、私、あぅっ……♥」

セラピアは色っぽい声を出しながら、もじもじと足を擦り合わせるようにした。

性欲を引き出され、実際にも男の手に胸を揉まれ……彼女は感じてしまっているのだ。

「聖女様がこんなにドスケベだなんてな」

「あぁ……なんで……♥　私、すごくえっちになって、んぁっ……♥」

「乳首だって、こんなに立ってる」

「んはぁっ！」

そう言いながら軽くつまんでやると、彼女は嬌声をあげて反応した。

「あっ、だめっ……そこ、あっ、んっ……」

「そういう割に、こっちはもっとしてほしそうにしてるけれどな。ほら」

俺は乳首をいじりながら彼女を見つめる。神聖な教会内だということもあり、楽しくなってきた。

「あぁっ♥　そんな、んぁっ……！」

セラピアはかわいらしい声をあげながら、乳首をいじられてすっかり感じてしまっている。

「だめ、ですっ……♥　そんな風にされたら、私、あっ♥」

「乳首をいじられて感じるのは、おかしなことじゃないさ」

「だけど、こんなことっ、ん、あぁっ……♥」

セラピアはこの状況を、異常だとはわかってはいるものの、快楽には逆らえないようだった。

俺はあくまで、彼女が抱えていた欲望を解放して膨らませただけだ。

清楚な聖女として過ごす中で、性欲を我慢できないほどに募らせていたのは彼女自身。

自らため込んだ性欲に、今まさに飲まれているのだ。

だから彼女は、俺に逆らえない。魔法の効果だけでなく、自分の望む欲求なのだから。

「ん、あっ、あぁっ……♥　私、ん、はぁっ……」

彼女の息はどんどんと荒くなり、エロい吐息を漏らしていく。

「あっ……ん、ふぅっ……んぁっ……身体が、あっ、ん、はぁっ……♥」

「ほら、セラピア……」

都合のよいことに、この部屋には休息用らしい簡易ベッドがあった。俺は、彼女を優しく押し倒していく。

「あぁ……んっ……」

もう抵抗する力もない彼女は、そのまま仰向けになった。

「乳首でも十分に感じているみたいだが……もっと触ってほしいところがあるんじゃないか？」

俺が尋ねると、彼女の視線はついっと下へと向かう。

けれど、首を横に振った。

「だ、ダメですっ……そこは、ん、はぁっ……♥」

「俺は、どことは言ってないけどな」

「ああっ……」

そう言いながら、彼女の足を開かせる。

元々ほとんど隠れていないそこ。聖女様の股布は、もうすっかりと濡れて張りついていた。

その秘められた割れ目のかたちを、はっきりと示してしまっている。

「こんなに濡らして……ほら、聖女様のおまんこの形、わかってしまってるぞ」

「あぁっ……♥　だめぇっ……」

口ではそう言うものの、彼女のそこは期待していることを示すかのように、さらに愛液をあふれさせている。

「ほら、脱がすぞ」

そう言って俺は手をかけると、そのまま脱がせていく。

「あぁっ……！　ダメです！　そんな……」

愛液がいやらしく糸を引いた。そして、聖女様の秘められた花園があらわになってしまう。

「おぉ……これが」

その光景に、俺は思わず声を漏らしてしまった。

きれいな割れ目は、もうすっかりと愛液でぬらぬらと濡れている。

メスのフェロモンが香り、彼女の身体がセックスを期待しているのが伝わってくる。

俺はついに今、目的のひとつを果たすのだ。

興奮のままに、彼女の割れ目へと指を伸した。

「んはぁっ♥」

愛液の纏《まと》わりついた指先でなで上げると、敏感に反応する。

「やっ、だめ、ですっ……♥　そこは、あっ、ん、こんなことっ……♥　私、あっ、だめっ、ん、あぁぁっ……♥」

わずかに残る理性が否定の言葉を口にさせるものの、身体のほうは正直だった。

愛液で潤うその入り口は、俺の指を受け入れて、たやすく開いてしまう。

とろり、とあふれ出す淫らな蜜。

「あっ、ん、はぁっ、あぁっ、だめっ、私、んぅっ♥」

「そんなにおまんこを突き出さなくても、ちゃんと気持ちよくしていくさ」

「そんなこと、ああっ！」

俺はくちゅくちゅと、聖女様の初々しい秘裂をいじっていく。

「あぁっ♥　だめっ、だめっ……♥　私、あっあっ♥」

「すごく淫らだな、セラピア」

「違うのぉ……♥　だ、だって、これっ、ん、ああっ！」

名前で呼ばれても気にならないほど乱れている。かわいらしい嬌声をあげながら、俺の指でどんどんと感じていくようだ。

「あっ、ん、ふぅっ、ああっ……」

その膣内をほぐすようにいじっていく。指が入るだけで、彼女は素直に反応していった。

「あっ、だめっ、私、ああっ……そんなにされたら、ん、あっあっ♥　だめぇ……♥」

「好きに感じていいんだ。ほら」

「あっ、んはぁっ、だめっ、もう、私、こんなっ……♥　ああっ♥　気持ちよくて、ん、はぁっ、あっ、んぅぅぅぅっ♥」

びくんと身体を跳ねさせるようにして、聖女がイった。

「あっ♥　ん、はぁっ……」

「おぉ、すごいな……」

その背徳的でエロい姿に、俺も見とれてしまう。

こんな極上の美女が快感に溺れる姿を見て、我慢できるはずもなかった。

俺はズボンを脱ぎ捨てると、滾《たぎ》る肉棒を露出させる。

「あっ……♥」

セラピアの視線が剛直を見つけ、そのまま釘付けになる。

「そ、それ……♥」

「ああ。これが今から、聖女様の中に入るんだ」

「あぁ……♥」

潤んだ瞳で肉棒を眺める彼女。

挿れてやる、と言うと、そのおまんこが喜ぶように愛液をあふれさせた。

「ほら……」

「男の人の……んっ、これが、今から私の中に……♥」

彼女はうっとりとチンポを見つめている。

そんな視線に、俺の欲望も加速する一方だ。

足を開かせると、剛直をセラピアの膣口にあてがう。

くちゅり、と愛液が音をたてた。もちろんまだ、汚れなき秘穴のはずだ。

「あぁ……か、硬いのが、当たって、ん、ふぅっ……」

「ほら、力を抜いて」

そう言いながら、俺は腰をゆっくりと進めていった。

「あっ、ん、はぁっ……わ、私のアソコ、押し広げて、んっ……」

肉竿の先端が、すぐに抵抗を受ける。

「あぁ……」

聖女様の処女膜。

極上の美女を初めて抱くという、オスとしての快感。

聖女を犯すのだという背徳感。

その昂ぶりを感じながら、俺は腰を進めた。

「あぁっ、ん、あはぁぁぁぁぁっ！」

メリメリと膜を裂いて、肉竿が膣内に飲み込まれていった。

「んはぁ♥　あっ、すごいのぉっ♥　ん、はぁっ、ああっ！」

「う、この締めつけは……！」

熱い膣道がぎゅっと肉棒を咥えこんで、本能的に刺激してくる。

膣襞《ちつひだ》のうねりと締めつけに、思わず出してしまいそうになった。

そのくらいに、聖処女のおまんこが気持ちがいい。

「あぁっ♥　私、あぅっ……男の人に、んぁ、お、おちんぽ♥　挿れられちゃってますっ……♥

あぁ、だめぇっ……！」

「う、なにがダメなんだ、こんなに嬉しそうに締めつけてきて……！」

「んはぁっ、ああっ……♥」

初めてだというのに、セラピアはすぐに感じながら、肉棒を締めつけてくる。

さすがは、欲望をここまでため込んでいてドスケベ聖女だ。俺の魔法であっても、彼女自身がこ
こまで淫らでなければ、この展開にはならなかっただろう。

膣襞も喜びながら肉棒に吸いつき、絞り上げてくる。

「わ、私、こんな、ん、はぁっ……♥」

俺はそんな彼女の様子を見ながら、ゆっくりと腰を動かし始めた。

「あっ、ん、はぁっ……ああっ……♥　わ、私の中を、お、おちんちんが、動いて、ん、ふぅっ、ああぁっ♥」

セラピアは嬌声をあげながら、どんどんと感じているようだった。

「あぁっ、ん、はぁ、あふっ……」

美しい聖女様が肉棒で感じている姿は、オスとしての満足感を満たしていった。

「んはぁ……あっ、ん、ふぅっ……♥」

ベッドに押し倒されているセラピアが、俺を見上げる。

その顔はもう快楽にとろけ、しっかりとメスのものになっている。

以前に街中で見た、優しげで清楚な聖女のものとはまったく違う。

だがそれと同等か、あるいはそれ以上に魅力的な輝きを秘めていた。

「んはぁ、ああっ……ん、あっ、んあっ……！」

欲望を解放された彼女は、初めてだというのに気持ちよさそうに喘いでいる。

「あふっ、んぁ、あっ、すごい、こんな、私……ん、あぁ……♥」

淫らに乱れている聖女の姿に昂ぶりながら、俺も腰を振っていく。

「あぁっ、私、ん、あぁっ……こんな、あぅっ……気持ちよすぎて、あっあっ♥　ん、はぁ、イかされてしまいますっ……！」

セラピアは、はしたく喘いでいく。

そんな彼女の姿に導かれ、腰を振る速度も上がっていった。

「あぁっ♥　んはぁっ、あぁっ、もう、ダメです、あっ、んぁ、イクッ！　あぁ、私、こんな、んあ、ああぁっ！」

膣襞が肉棒を締めつけ、精液をねだっているかのようだった。

聖女様はすっかりと快楽に流され、ただただ感じていた。

その姿、そしてうねる膣襞の締めつけに、俺もフィニッシュへと近づいていく。

「あぁっ♥　気持ちよすぎて、なにも考えられなくなってしまいますっ……！　こんなに、私、あぁっ♥　ん、はぁ、ああっ！」

なんのブレーキもなく欲望を解放している彼女は、初めての快感に乱れ高まっていく。

俺はハイペースで腰を振って、その秘穴をかき回していった。

「あっあっ♥　もう、イクッ！　あぁっ、おまんこ、いっぱい突かれて、んぁ、イってしまいますっ！　んはぁ、ああっ！」

俺はラストスパートで、蜜壺の最も奥まで貫いていく。

「んはぁっ♥　あっあっ♥　だめぇっ！　私の中、全部気持ちよくされて、あっ♥　イクッ！　イクウゥウウゥウッ！」

彼女は身体を跳ねさせながら絶頂した。膣内がいっそう締まり、肉棒を締めあげる。

「んはぁぁあっ……♥　あぁ……♥」

その絶頂締めつけに促されて、俺も限界を迎えた。

「このまま、中で出すぞ！」

「いやぁっ♥　だ、だめぇっ、今、あっ♥　これ以上気持ちよくされちゃったら、私っ……んぁ、ああっ……♥」

中出しそのものよりも、大きすぎる快感を気にしているなんて、まったくドスケベ過ぎる。

それでいて、膣襞のほうは快楽を貪欲に求め、肉棒をさらに締めつけている。

「ぐっ、出る……！」

どびゅっ！　びゅくびゅくっ、びゅくんっ！

そんな聖女様の絶頂おまんこに射精した。

「ひぁっ♥　熱いの、私の中に、あっあっ♥　んはぁぁぁぁっ！」

快感の波が引かないままで中出しを受けた彼女は、再びイったようだった。

「んはぁぁっ♥　あっ、あぁっ……♥　こ、こんなの、あぁ……知ってしまったら、私はもうっ……♥　あふぅっ……♥」

セラピアは快感に溺れ、そのまま脱力していった。

「うっ……あぁ……」

それでもおまんこのほうはまだまだ、精液を余さず絞り尽くすかのように、肉棒に吸いついていたのだった。俺はしっかりと子種を注ぎ込むと、聖女様のおまんこからそっと肉棒を引き抜いた。

「あぁ……♥　ん、あぅ……♥」

彼女はまだ快楽の余韻に浸り、とろけた顔で横たわっている。

荒い息に合わせてその爆乳も揺れていて、なかなかにエロい光景だ。

俺はそんな彼女を眺めながら、この後について考えるのだった。

●

快楽の余韻が冷め切らないうちに、セラピアにしておくことがある。

このままでは、ただの侵入者のままだ。せっかく聖女と結ばれたのだから、この王国での地盤を一気に固めてしまうことにする。

欲望の解放が思いのほか上手くいったこともあり、その後の精神への介入は容易だった。

セラピアの心から俺への警戒をすべてなくし、俺自身のある程度の情報を与えつつも、神殿での正式なパートナーとなるよう、心を誘導していく。ここでも、石の力は本領を発揮してくれた。

難しければ、最悪は洗脳に近いかたちで……とも覚悟したが、その必要はなかった。

セラピアの心は性欲だけでなく、教会や王国への疑問をすでに募らせていたのだ。

だからこそ、俺自身のことや賢者の石の欠片について、正直に説明したのだった。

彼女はまだ快感で半ばぼーっとしたまま、俺との会話を続けている。

聖女である彼女から見てもこの国の内情は限界にきており、神樹への信仰心によってかろうじて保たれた状態だったようだ。このままでは緩やかに衰退していくというのは、彼女自身もわかっているらしい。

セラピアは今、欲望が解放されている状態なので、不満や不安といった感情にも素直になっている。それを巧《たくみ》に利用しつつ、話を誘導していった。

――この国を、俺たちでなんとかしよう、と。

彼女はしっかりと頷いてくれた。

セラピアにとって、ずっと抱えていた悩みや欲求をすべて解放してくれる男。

それが俺になったのだ。

「ヴァールさん……♥　でしたらこれからは……♥」

話を聞き終え、改革に賛同してくれた彼女は俺を見つめる。

その瞳は潤んでおり、女の色気に満ちていた。初めてを捧げた男への、信頼が瞳に宿っている。

「私を気持ちよくして、乱れさせて……もう、ヴァールさんに愛してもらわないと、我慢できない身体にされてしまいました……」

すっかりメスの表情だ。信仰心に偽りはないが、それほどに、セラピアにとっては性欲の解消が大きなポイントだったのだろう。俺は自分がニヤリとするのを堪《こら》えられなかった。

美女にそう言われ、オスとしての充足感が湧き上がってくる。

盛大に中出しをしたばかりでなければ、すぐにでもムラッときて押し倒してしまうところだ。

「責任、とってくださいね……？」

そう言いながら、軽く俺の身体に触れ、なでるように手を動かす彼女。

「ああ。これからもいっぱい、気持ちよくしてやる」

「あぁ……約束ですよ……んっ♥」

そう言うと、彼女は俺にキスをしてきたのだった。

俺はこみ上げる愛しさのまま、彼女を抱きしめた。

想定とはだいぶ違ったが……むしろこれ以上なく上手くいったといえるだろう。

教会内部で最重要な位置にある聖女の助力を得ること。

セラピアのような美女を抱くこと。

俺のここでの目的は、完璧に果たされた。あとは欠片探しだ。

しかも彼女はすっかり快楽の虜になり、次を求めてくるほどだ。

俺はセラピアのぬくもりを感じながら、これからのことに思いを馳《は》せるのだった。

●

セラピアは欲望の解放によって快楽に堕ち……イラージュ王国の改革への協力を約束させた。

彼女は俺を、教会内ではっきりと支持したのだった。

俺はといえば、魔法による認識への干渉を続け、一応は上位の神官という立場を作り出している。

聖女以外の神官たちには、欠片の力は充分に効果を発揮していた。

聖女はその力——この国を支える神樹を祭る者——の重要性もあり、影響力も大きい。

彼女が支持を表明するだけで、教会内にも国民たちにも俺の存在が知れ渡った。

聖女様がそう言うなら、と俺に対して好意的な受け止め方をする人が過半数をしめるようになったのだった。

それほどまでに力を持った彼女のすごさを、改めて感じる。

同時に、そんなセラピアを抱いたことや、快楽の虜にしていることにも優越感を覚える。

当然、彼女の一言だけで全ての者が手放しに忠誠を、というわけにはいかないが……。

聖女でなくても、国民たちもまた、改革の必要性は薄々感じていたのだろう。

俺が比較的容易に受け入れられたのは、そう言った理由もあるようだった。

もちろん、すでにそれなりの地位にあり、既得権益に浸っているような連中などは、俺に対して否定的だ。王城にいる貴族連中などもそうだろう。

だが、セラピアとともに歩むと決めた以上は、貴族などに遠慮する必要などないのだ。

精神に干渉する魔法を駆使すれば、そういった反対派を処理していくことは可能だった。

なんといっても、こちらには賢者の石の欠片があるのだ。

国王や貴族たちでは、この国の持つ石の欠片は制御できない。ましてや、使いこなすことなど到底無理だ。教会の協力なしには、封印を解くことすら出来ないのだから。

こうしてイラージュ王国は事実上、俺の支配下に入っていくのだった。

●

時間が経ち、俺の教会内での地位も確《かく》たるものとなった。

王城への根回しも終了し、無事に賢者の石の欠片も回収している。

結界封印の管理が教会側だったので、貴族たちの処理さえ終われば、手に入れるのは容易だった。

そこでやっと、俺も一息吐くことができたのだった。

疲れを癒やすために、俺はセラピアを部屋に呼んでいた。

表向きはこれまでと変わらず、清楚で優しい聖女のセラピア。

優しい、という部分は最初と変わらないが、俺にとっては、清楚なイメージというのはもはやなくなっていた。

というのも……。

「ヴァールさん」

夜のセラピアは、ますます色っぽさを増す。

彼女は少し顔を赤くしながら、もじもじとしている。

「今日もいっぱい、愛してくださいね♥」

そう言いながら、彼女は俺に抱きついてくる。

むにゅり、と大きなおっぱいが俺の身体に当たり、柔らかくかたちを変える。

「ん、ちゅっ……♥」

そしてそのまま、キスをしてくるのだった。

「ん、れろっ……」

さらに、セラピアは舌を伸してきた。

彼女の舌を受け入れ、こちらも舌を絡ませていく。

「……れろっ、ん、はぁ……♥」

すっかりとエロいキスをするようになったセラピア。

欲望を解放し、快楽を刻み込んでから……。彼女はこうしていつでも、俺の部屋を訪れるようになっていた。

昼間は清楚で、みなの憧れである聖女様。そして夜は、俺の前でだけ淫らな女になるのだ。

「あっ♥ ん、ふぅっ……」

服を脱がしていくと、セラピアが期待に満ちた顔で俺を見つめていた。

「ん、ヴァールさん、あぁ……」

彼女の大きな胸が、たゆんっと揺れながらあらわになる。

何度見ても、素晴らしいおっぱいだ。

ボリューム感たっぷりの爆乳は、身じろぎするのに合わせてぶるんと揺れる。

そのたわわな果実を、両手で持ち上げるように揉んでいった。

「あんっ♥」

むにゅん、ふにょんっと極上の感触が伝わってくる。

その柔らかさを楽しみながら、両胸を揉んでいった。

「ん、ヴァールさんの手、あんっ♥」

彼女は気持ちよさそうに声をあげる。

「もうすっかり期待してるな。ほら、乳首も」

そう言って、俺はそのたわわなおっぱいの頂点で、触ってほしそうにしている乳首をいじった。

「んぁっ♥　乳首、いじられると、んぁっ……♥」

彼女はかわいらしく喘いで、感じていく。

俺はそんなセラピアの敏感な乳首を、指先でくりくりといじっていった。

「あんっ♥　あ、ん、はぁっ……。ヴァールさん、んぁ、ああっ……♥」

乳首をイジメ続けると、どんどん表情がとろけていく。

「そんなに、んぁ、乳首ばっかり、いじられちゃうと、私、もう……ん、はぁっ……♥」

かわいらしく身体をくねらせて感じていく聖女様。

「あふっ、ん、あぁ……」

「セラピア、すっかりとエッチになってるな……」

俺が言うと、彼女は恥ずかしがりながらもうなずいた。

「はい……ん、ヴァールさんに、すっかりえっちにされちゃいました♥　ん、身体も、あんっ♥　すごく敏感になって、んぁっ！」

美女が目の前で感じている姿というのは、とてもいいものだ。

そう思いながら、俺は乳首を続けて攻めつつ、柔らかな乳房も揉んでいった。

「んぁあ……♥　あっ、ふぅっ、ん、ああっ……！」

「エロく感じてる姿、すごくいいぞ」

「あぅっ、そ、そんな風に言われると、あっ、ん、はぁっ……♥」

恥ずかしがりながらも、さらに気持ちよさそうな声をあげていく。

「あぁ……ん、はぁっ……ヴァールさん、ん、ふぅっ……♥」

胸をいじられ、素直に感じていた彼女だが、すっかりとろけた顔で俺を見つめると、自分からも手を動かしてきた。

「ヴァールさんの、ん、あっ♥　ここ……♥　もう大きくなっちゃってますよ……あっ♥　ん、はあっ……ほらぁっ……」

セラピアの手が、ズボンの上から股間をなでてくる。

細い手が股間の膨らみをなで回し、きゅっと握るようにしてくる。

「ん、こんなに、ズボンを押し上げて……」

彼女はスリスリと手を動かしながら続けた。

「ほら、ズボン越しでも、ん、おちんぽ硬くなっているのがわかります……あふっ……♥　ね、ヴァールさん……」

おねだりをするように、肉竿を刺激してきた。

「もう我慢できません……♥　ヴァールさんの、ガチガチおちんぽ……♥　私のおまんこに挿れてください……」

待ちきれない、というように言った。

そのかわいらしくもエロいおねだりに、すぐにでもぶちこみたくなるが……。

「そんなに我慢できないのか？」

「はい……♥」

同時に、ちょっと意地悪もしてみたくなってしまう。

「セラピアはドスケベだな」

そう言いながら手を下へと動かし、彼女のアソコへと伸していく。

「あんっ♥」

「確かに、もう濡れているが……」

彼女のそこはすでに潤《うる》みを帯びており、割れ目をなで上げると、いやらしく蜜がしみ出してきていた。

すっかり淫らになり、えっちが大好きになってしまったセラピア。

早く肉棒を咥えこみたいと、大胆に迫ってくるのだった。

「そうだな」

そんな彼女を見ていると、やはり俺も欲望を優先してしまいたくなる。

ベッドへと連れて行き、押し倒した。

「あんっ♥　ヴァールさんっ♪」

彼女は嬉しそうに言って、そのまま横になる。

「……それじゃ今日は、服を脱いで四つん這いになってくれ」

「はいっ♪」

素直に答え、服を脱いでいく。

「ふむ……」

美女が自ら服を脱いでいく姿を眺めるのは、とてもいいな。

自分で脱がすのも興奮するのだが、こうして脱いでいるところを眺めているだけというのも、また違ったよさがあるものだ。

「あぅっ……。そ、そんなに見られていると、恥ずかしいです」

「これから、もっと恥ずかしい格好をしてもらうんだけどな」

「んぅ……♥」

恥ずかしがりながらも、興奮が抑えきれない彼女は、服を脱いでいく。

俺は、セラピアが最後の一枚を下ろす姿を眺めた。

彼女が下着を下ろしていくと、クロッチの部分がいやらしい糸をひく。

聖女様のおまんこは、もう淫らな蜜をたっぷりとあふれさせて、期待に薄く花開いていた。

「ヴァールさん、ん、はぁ……」

生まれたままの姿になり、赤い顔でこちらを見る。

そして次には、その格好のまま、ベッドの上で四つん這いになっていった。

「おお……」

そのエロい姿に、俺は声を漏らした。

四つん這いになった彼女は、その丸いお尻をこちらへと向けている。

同時にその濡れ濡れおまんこも、惜しげもなく見えてしまっているのだ。

「あぅっ……♥　ヴァールさん……」

期待しつつも恥ずかしげなセラピアの様子が、さらに俺を興奮させていった。

あまりにエロい姿に見とれていると、待ちきれないのかセラピアは小さくお尻を振って、こちらを誘惑してくる。

「ん、はぁ……♥」

ドスケベなその姿に俺の欲望も膨れ上がり、飛びつくように彼女の尻をつかむと、もうガチガチになっている肉棒を押し当てる。

「あんっ♥　ヴァールさんの、硬いおちんぽ♥　当たってます……」

嬉しそうに言う彼女。

俺はそのまま、ぐっと腰を前に出していった。

「ん、はぁ、ああっ……♥」

肉棒が割れ目を押し広げて、その膣内に入っていく。

「あふっ、大きいのが、あっ♥　んはぁっ……♥」

つぷっ、にゅぷっ……と膣襞《ちつひだ》が肉棒を包み込んできた。

「ん、ああっ……♥」

内部がしっかりと肉竿を咥え込んでうねる。

「あん、ん、ああっ……♥」

押し込まれた肉棒が、彼女の膣内を埋めていった。

「ヴァールさんが、ん、私の中に、いっぱい、んはぁっ……♥」

「吸いついてきてるな……」

おまんこがきゅうきゅうと肉棒を締めつける。

その気持ちよさに浸りながら、腰を動かし始めた。

「あんっ、ん、はぁ……ヴァールさんの、ん、おちんぽが……あぁ♥　私のおまんこを、ん、あぁっ……擦りあげて、んはぁっ！」

膣襞と肉棒が擦れ合い、快感を膨らませていく。

聖女様のドスケベまんこは貪欲に肉棒を咥えこみ、俺を刺激してきた。

「あぁっ♥　ん、はぁ……あぅっ……」

腰を動かすたびに、彼女がかわいらしい声をあげていく。

「んはぁっ、あ、ん、ふぅっ……」

蠕動する膣襞をかき分けながら、抽送を繰り返す。

「あうっ、ん、はぁ、ああっ……♥」

ピストンを行うたびに俺の快感も膨らみ、高まっていった。

「セラピア、うっ……」

「ヴァールさん、ん、はぁ……♥」

俺は腰ふりの速度をあげていく。

「あっ♥　ん、はぁっ、あぅっ……！」

それに合わせて、彼女の嬌声もリズミカルになっていった。

「んぁ♥　あ、ん、はぁっ、あぅっ！　おまんこ、あっ♥　そんなに疲れたら、私、あっ♥　んはぁっ！」

気持ちよさそうな声を出しながら、膣内をきゅうっきゅと締めてくる。

「んあぁっ♥　あっ、ヴァールさん、んっ、あっ♥　はぁっ……♥」

俺は彼女のむちっとしたお尻をつかみ、腰を激しく打ちつけていく。

「あぁっ♥　ん、はぁ、あっ♥　あくっ、んくぅっ！」

ハリのある尻肉が指を受け止めて、そのかたちを変えている様子もそそるものだ。

聖女のエロい尻を眺めながら、腰を振っていく。

「あぁっ、んはぁっ♥　あっ、ヴァールさんの、ん、太いおちんぽがっ♥　私の中を、あっ、んぅっ、んはぁっ！」

快楽に乱れるセラピアが、嬌声のトーンを高くする。

俺も興奮を誘われて、おまんこをどんどんかき回していった。

「あふっ、ん、はぁっ……♥　私、ん、はぁっ……♥　後ろから、いっぱい突かれて、あっ♥　感じちゃってますっ……！」

「ああ……そうだな。ほらっ」

「んはぁっ！」

蠕動する膣襞を擦りあげながら、獣のように聖女と交わっていく。

「あっ♥　ヴァールさん、んぅっ、だめぇっ♥　あっあっ♥　私、ん、はぁっ、イっちゃいますっっ……♥」

「ああ、いいぞ。こうやってバックで突かれて、はしたなく乱れながらイってしまえ！」

「んはぁっ♥　あっ、んひぃっ！」

俺はさらにペースを上げて、ピストンを送り込む。

「あんあんっ♥　ん、はぁっ、ああっ！」

「ほら、動物みたいな格好で交わって、聖女らしからぬエロい声で喘いでくれ」

「んはぁっ♥　あっ、そ、そんな風に言ってはダメですっ♥　あっ、私、そんなの、んぁっ、あっ、んはぁっ♥」

ダメと言いながらも、彼女は喜びの声をあげていく。

おまんこもより昂ぶって肉棒を締めつけていた。

「あふぅっ、ん、はぁっ……♥　だめぇっ♥　んぁ、ああっ！」

俺も快楽のまま、激しく腰を振っていった。

「んはぁっ♥　あっ、ん、はぁっ、もう、イっちゃう……♥　あんっ♥　ん、はぁっ、イキますっ、んぁ、ああっ！」

「ああ、いいぞ」

蠕動する膣襞をかき分け、おまんこの奥の奥まで突いていった。

「んはぁっ♥　ああっ、イクッ！　んぁっ、ああっ！　んはぁ、あっあっあっ♥　イクッ！　んぁ、ああっ！」

セラピアは四つん這いのまま、はしたく声をあげて乱れきる。

「んぁっ♥　ああっ！　あふっ、ヴァールさん、んぁ、ああっ！　おまんこイクッ！　イクイクッ！　イックウウゥゥゥッ！」

これまででいちばん鋭い嬌声をあげながら、彼女が絶頂を迎える。

「うぁ……！」

おまんこが震えながら締まり、肉棒をぎゅぎゅっとしごきあげてきた。

強引に突き込みながらも、その気持ちよさで俺も限界を迎える。

「ああっつ♥　んぁ、イってる、イってるのに、そんなに突かれたら、ああっ♥　気持ちよすぎて、んひぃっ♥」

絶頂おまんこをかき回され、セラピアがあられもない声を漏らしていく。

俺は昂ぶりのまま、彼女の奥へと肉竿を突き出して精を放っていった。

「んはぁぁぁっ♥　あぁっ！　熱いの、ザーメン、おまんこの奥にびゅくびゅく出されて、んぁ、イクゥッ！」

中出しを受けて、セラピアはまたイったようだった。

「おぉ……！」

きゅうきゅうと締めつけてくる絶頂おまんこに絞られながら、俺も射精を繰り返す。

「あふっ、ん、あぁ……♥」

彼女はうっとりと声を漏らしながら、精液を受け止めてくれている。

「ヴァールさん……ん、あぁ……♥」

おまんこに全ての精液を注ぎ込み終えたので、満足して肉棒をゆっくり引き抜いた。

「あんっ……♥」

抜くときにも膣襞がこすれ、彼女が小さく声をあげる。

「あうぅ……♥　もう……」

セラピアはそのままつっぷし、ベッドへと横になった。

「今日も、すごかったです……♥」

すっかりとドスケベになってしまったセラピアは、満足そうに言う。

俺もそんな彼女に満足し、隣へと寝そべったのだった。

第二章　コンタヒオ連合の魔王

聖女セラピアの支持により、イラージュ王国は俺の下でまとまっていった。

国民からの信仰は受けながらも、あまり表だって国政や教会内のパワーバランスについて発言することはなかったセラピアだ。

そんな彼女が突然、神官代表としての俺の支持を表明したことで情勢が変わる。

元から国民は、どちらかといえば教会や貴族よりも、聖女への信頼のほうが根強かったようだ。

その聖女が政治的には中立だったために、これまでは支持層がハッキリしていなかった。

そんな彼女が改革を目指す俺を指示したことで、国民もまた一気に結束していった。

そしてその支持者の数が、想像以上に大きかったのだ。

王国が持つ賢者の石の欠片を俺が手にしたこともあり、もう反対派には打つ手がない。

怠惰な貴族とは違い、国民にとっては新しい力というのは大切だ。

もちろん教会の支配だって、国がある程度栄えているからこそ成り立つもの。

国家そのものが傾けば、元も子もない。

そんなわけでイラージュ王国は、二つの欠片を持つ俺とともに、徐々に力をつけていくことになった。そう、権力闘争を終えた俺は、いよいよ具体的な改革へと乗り出したのだ。

まずは、これまで開拓がうまくできなかった荒野を、石の力を使った独自の魔法で豊かにし、農業などに使えるようにした。

その結果によってよりはっきりと俺の優秀さが認識され、新たな評価を生みだしていく。

もちろん即座に一枚岩となれるわけではなかったが、俺はもう、正体不明の神官様ではない。

認識操作で地位は得られても、それだけでは弱い。いつ人々が正気に戻るともしれない。しかし、こういった具体的な成功は、心にしっかりと根付くのである。

その過程で俺が魔法使いでもあることを、少しずつ明らかにしていった。最初から神官と魔法使いの両方では、怪しまれるからな。手順が必要だったのだ。

だがこの調子でいけば、国力は間違いなく回復する。

他国との三つ巴の状況さえも、なんとかできるかもしれない。

特に、海外へ侵攻し始めた帝国と違い、どんどん力を落とすだけだった王国にとっては朗報で、全体の士気も上がっていったのだった。

その好況ぶりは、商人たちによって他国へも伝えられていく。

王国のその状態にいち早く気がついたらしいコンタヒオ連合に、なにやら動きが見え始めたという報告が届いたのも、ちょうどこのタイミングだった。

コンタヒオ連合、それは、魔族たちの集まりだ。

ほぼ人間だけの、それも教会に属する信者の集まりであるイラージュ王国とは違い、コンタヒオ連合はほとんどが魔族。

それぞれの主義主張や、独自の生活様式を持っている部族の集まりだ。

それゆえに、個々のつながり自体は比較的ゆるやかで、国家としてのまとまりには欠けている。

国の規模としても、三カ国の中では一番小さい。

それでも三つ巴の一角として存在できているのは、その戦闘力の大きさだ。

魔族の集団である連合は、兵士たちの戦闘能力が段違いだった。

特に各魔族のトップクラスともなれば、人間の一軍に匹敵する力を持つ者もざらだ。

数が少ないにもかかわらず、三すくみ状態の一角を担えるのは、そのせいだった。

その逆に、戦争に強いにもかかわらず他国を押し切れないのもまた、魔族ゆえだろう。

連携を取ることが、ほんとうに苦手なのだ。

そんなコンタヒオ連合だったが、最近はなぜか統率が取れつつあるという。

そのような状況は、各国が本格的に領土争いをしていたとき以来だとも言われている。

つまり今を生きる人間からすれば、連合の軍は見たこともない規模の戦力になる、ということだ。

彼らが本当にまとまれば、それは王国や帝国にとって、大変な脅威となるだろう。

互いに無事ではすまないくらいの犠牲が出る。

そこでイラージュ王国としては、魔族にだって匹敵するはず……という国内の空気に押されるまま、英雄となりつつある俺にコンタヒオ連合との交渉を担わせたのだった。

あくまで友好への使節団しての訪問だが、連合の状況を実際に見つつ、最近の変化が軍事目的なのかを調べるのだ。

しかしコンタヒオ連合も、当然賢者の石の欠片を持っている。

まず間違いなく、それは連合の盟主——魔王の手にあるだろう。

危険ではあるが、この交渉は俺にとっても好都合な話だった。探す手間が省けるというものだ。

当然警戒は必要だが、人間の国家に比べればまだ、魔族の集まりである連合はシンプルだと思う。

最強であるという現魔王の力が絶大で、それに従って動いている。

その魔王と、戦場ではなく交渉の場で会話できる、というのはかなりお得だ。

俺は少数の王国官僚を引き連れて、コンタヒオ連合へと向かうことにした。

さすがに、聖女であるセラピアを好戦的な国に連れていくわけにはいかず、彼女には王国で待ってもらうことに。

ふたりきりのときには同行したそうにしていたが、これまでも聖女としてしっかりやってきた彼女は、そのあたりで無茶を言うことはない。その分、出発前日に甘えてきて、そのまま淫らな彼女に何発も絞られてしまったが、まあそれはそれだ。

ともあれ、俺は馬車に揺られ、コンタヒオ連合を目指していた。

旅路そのものも数日になり、さらにその後は連合の盟主——魔王との話し合いも待っている。

それだって、一度話してはい解決、とはいかないだろう。

連合の変化の意図。その詳しいところはまだわからない。

王国としては、荒事で連合とやりあうつもりはない。基本的には現状維持を目指したいところだ。

俺としても最終的には石の欠片を求めているが、正面からやり合うのは悪手だと思っている。

賢者の石の欠片が集まるごとに、その力を増していくということを考えれば、すでに二つ持つ俺が圧倒的に有利だ。

このまま連合だけでなく、帝国さえも破壊し尽くしていくことも不可能ではなさそうだが、その方法では犠牲と背負うものが大きくなるので、俺としては望むところではない。

降りかかる火の粉を払うことに躊躇《ちゅうちょ》するつもりはないが、まだ燃えていないなら、避けるほうが都合がいい。

元々が魔法研究者である俺は、争いが好きでも得意でもないしな。たまたま賢者の石の欠片を手に入れ、それができるだけの力を手に入れた、というだけに過ぎない。

いかに魔族であっても、いきなり全面的に事を構えることはないだろう。

しかし彼らは個の力を重視しており、それだけで物事を決めることもある魔族だ。

なにかしら揉めてしまうと、可能性としては、魔王やそれに近い存在との一騎打ち、というようなことは充分にありうる。

そのため俺は、当然賢者の石の欠片は常に持っていた。

二つ目の欠けらによって、新しく使えるようになった魔法もある。

俺に出来る用意は、そのあたりだろう。

そんなことを覚悟しつつも……。魔王の元へ出向くまでの旅路は、これといった出来事もなく淡々と進んでいくのだった。

イラージュ王国への侵入に比べれば、馬車があり御者もいて、多くの人に囲まれながら、ただ乗っかっているだけ、という楽な旅路だが……。

現代の魔王の名は、アドワ。歴代でも最強との噂だ。はたして、どうなるだろうか。

●

そうして俺たちは魔王の居城に到着し、いよいよアドワと対面することになるのだった。

魔王自らが、さっそく俺に会うという話だ。

突然現れて王国を手中に収めた、訳のわからない魔法使い。

当然、警戒する気持ちはあるだろう。

しかし彼らは、自分の武に誇りを持っている。訪問が決まる前に、王国側が会見の打診をしたときもあっさりしたものだった。よほど自信があるらしい。

そう思っていたのだが……。

門番の魔族、そして謁見の間に向かうまでの各所にいた魔族たちも、俺に視線を向けていた。

賢者の石の欠片――その力を感じ取り、俺がただ者ではないことを感じ取っていたのだろう。

むしろその神秘の力に対する、畏敬の念のようなものさえ感じたのだった。

そんな視線を受けながら、俺は謁見の間へと向かった。

同行の役人たちは途中の部屋で待つことになり、魔王アドワとは一対一で会うかたちになる。

そうして俺は、いよいよ謁見の瞬間を迎えた。

「ようこそ、王国の使者殿。いや、すでに実質の国王ともいえると聞くぞ、魔法使いヴァール」

思いがけずも気安い口調で声をかけてきた魔王アドワに、俺は挨拶を返した。

どうやら、かなりのことまで知られているらしい。思わず緊張が走る。

しかし、お辞儀していた頭を上げて実際に目にしたアドワは、魔王という仰々しい肩書きに似合わぬ、快活そうな美少女だった。

赤い髪をポニーテールにまとめており、屈託のない笑顔を俺に向けている。

この部屋にはふたりだけということもあり、重々しい雰囲気はなく、むしろ話しやすそうな雰囲気だ。しかしそんな様子でいても、強者としてのオーラを強く放っている。

それも当然だ。

魔王——コンタヒオ連合の盟主というのは、最強の者に与えられる称号なのだ。

魔族は個人の力を重視する。

だからすべての魔族が、連合国内最強の者の方針に従う、という伝統なのだ。

気さくな美少女に見える彼女だが、その力は随一と聞く。見た目では、魔族の力は測れない。

そんな彼女と対峙するのだから、やはり多少は緊張する部分もある。

最強の魔族である彼女は、たったひとりで一軍を相手にするほどの実力者であるはずだ。

「おお……やっぱり、かなりの力を感じるな……」

彼女は俺を見て、嬉しそうに言う。

強い者が大好きだというのもまた、強者であるが故《ゆえ》なのだろう。

魔王とはいえ、かわいらしい美少女に興味津々で好意的に見つめられるというのは、男としては悪い気はしないのだった。

俺を見るために前のめりになると、彼女の大きなおっぱいがぽよんっと揺れて、つい目を奪われてしまう。身体全体は引き締まっているからこそ、そこだけがとても柔らかそうに揺れていて気になってしまうのだった。

いや、大きなおっぱいは、なんであれ気になってしまうものか。

さっそく美女に出会えたことに、俺は感謝するのだった。

そんなことを考えていると、彼女が話を進めていく。

「イラージュ王国は、すごい人材を手に入れたな……。こうして対峙しているだけで、ワクワクしてきちゃう」

ほんとうに、楽しそうに言うアドワ。最強の魔族らしく、やはり戦闘が好きなのだろう。

「コンタヒオ連合こそ、力をつけていると聞くぞ……」

アドラの口調につられて、俺も素のままで言う。彼女は気にする様子もなくうなずいた。

「ああ。ヴァールのおかげで、王国が面白そうなことになっているからな。ここ最近は、停滞が続いてみんな退屈していたんだ」

そう言って笑みを浮かべるアドワ。その表情は屈託がなく、無邪気にも思えるものだった。

しかし無邪気だからこそ、なかなかに怖いものだ。

彼女はどうやら、王国との戦闘を望んでいる。

もちろん、各国の実力はまだ拮抗している。彼女たちだって破滅したいわけじゃない。

そう簡単に仕掛けてくるわけではないだろうが。

ただ、なんの悪意も打算もなく、戦いたいだけというのは、行動が読みにくくて大変だ。

「そこに、ヴァールが現れてくれた。様々な権益や思惑でずっと停滞していた王国を簡単に掌握してみせた」

彼女はまっすぐに俺を見つめた。

「だから気になっていたんだ。使節団などとうの昔に廃止していたが……会見の申し出は、ちょうどよかったぞ。こうして実際に目にすると、噂は本当だったと思う。ヴァールはとても強そうだ」

「まあ、多少は……」

賢者の石の力もあるし、今の王国でいえば、個人でもトップクラスの強さはあるだろう。

とはいえ、俺が教会——そして王国で力を得ることになったのは、欲望を解放させてエロエロになったセラピアを抱いたから、というのが実際のところだ。

別に騎士団に殴り込んで、力で黙らせたわけではない。

手中におさめたというのなら、それは元々セラピアの手にあったものを譲り受けただけ、というほうが近い。

もちろん、俺に魔法の力がなく、ただセラピアが惚れただけだったとしたら、さすがにこうもスムーズにはいかなかっただろうがな。

実際、反対派の連中に対しては、魔法をかけてねじ曲げた部分もあるし。

それでも、アドワが期待しているようなやり方ではないのだが……。

「ふむ……おとなしいなぁ。ヴァールはあまり、好戦的じゃないんだね。人間も、力が強い人は割と喧嘩っ早いタイプが多いって思ってたんだけど……」

「個人ならまだしも、国同士でとなると背負いきれないからな」

俺が戦争を避けたいのは、とにかくそこだ。そのためにコンタヒオ連合に来た。

「なるほどね。こっちを欲しがってるわけじゃないんだ」

アドワは嬉しそうにうなずいた。

「ヴァールもあたしたちと同じで、個人主義なんだ」

「まあ……ある意味ではそうだな」

力ですべて決めようとまでは思わないものの、そこに関しては同意できる。俺は自分が第一だ。

石と美女。その目的が叶えばいい。

「それならちょうどいいかもね」

そう言って、アドワはにやっと笑った。それは見ていて気持ちのいい笑顔だった。

しかし彼女の口から続いて出た言葉は、とても脳筋なもので……。

「ヴァールも知ってるかもしれないけど、魔族ってのは、一番強い奴が魔王になる。細かいことはいろいろあるけど、みんな魔王には一応は従うんだよね」

「ああ、そのようだな」

実力主義で上下関係がはっきりしている分、シンプルだし裏表の少ない国なんだと思う。

この城もそうだ。入ってからもずっと、魔族たちのアドワへの忠誠を感じていた。

「だから、ヴァールがあたしに勝てば、コンタヒオ連合がイラージュ王国と争うことはなくなるってわけ。わかりやすいっしょ？」

「まあ、たしかにわかりやすいが……」

「ヴァールは戦争したくない。あたしは強い奴と戦いたい。それなら答えはひとつ！　簡単だよね」

そう言って、彼女はまた満面の笑みを浮かべた。思わず見とれてしまうような、いい笑顔だ。

「だからさ、ヴァール、あたしと戦おう？」

「……無茶苦茶だな」

そうは言ってみたものの。

確かにわかりやすいと言えばわかりやすいし、いい落とし所かもしれない。魔王との戦闘は避けるつもりだったが、こうもはっきりと戦争回避をエサにされては、断れないだろう。

もし断れば、魔族としての欲求に従い、攻め込んでくる可能性があるわけだ。

「ただ、俺が負けても、王国は別にアドワに従わないと思うが……」

俺が言うと、彼女はうなずいた。

「そうだね。その辺は理解してるよ。まあでも、ヴァールが負けたってなれば、連合も王国もパワーバランスがはっきりしちゃうから、戦場で戦わなくてもそっちは、勝手に敗戦に近い状態にはなるかもしれないけどね。……違うかな？」

これまで脳筋だったのに、急にそんなことを言う彼女に驚く。王国は今、俺と聖女への求心力で盛り上がっている。俺が敗北すれば、一気にその流れが落ち込むだろう。

……力が重要とはいえ、彼女も連合のトップに立つ身だしな。それにアドワが本当にただの脳筋だったなら、連合はとっくに王国か帝国に攻め入っているだろう。

「ね？　いいでしょ？　どのみち戦わないと、あたしたち魔族が本当に納得することってないだろうし。それなら、一対一のほうが被害も少ないしね」

「たしかにそうだな……」

彼女の思惑通りに進んでいるが、それが俺としても最適解であるような気がした。

「やった。それじゃさっそく移動しようか。ここには闘技場もあるんだ」

城の中に闘技場とは……。力を重視する魔族らしい作りだ。

そうして、俺たちは戦うことになったのだが、魔王との対決か……。

どうなるか少し緊張する部分もあるが、わかりやすくていい、というのは俺も同意見だった。

●

そうして俺たちは闘技場へと移動した。

いわゆるコロッセオのような、観客席があるような作りではない。

一応観覧席はあるようだが、多くはない。

魔族の決闘は見世物ではない。あくまで当人同士が、必要ならば証人を入れて互いの力を測るもの、という場所のようだった。

闘技場自体も、魔族同士の戦いに備えてか、かなり頑丈そうである。

王国にはあまりない材質のようだ。素材そのものに魔力が感じられる。おそらくは、通常の石材などよりも耐久性に優れているものだろう。

しかしよく見ると、何度も修理をした跡《あと》があった。

これほど頑丈そうに見えても、魔族同士の戦いでは壊れてしまうのか。

その力の大きさを物語っているようだ。

「楽しみだなぁ……」

そんな俺をよそに、アドワは本当に楽しそうに呟くのだった。

「それじゃ、さっそく始めよっか♪」

「ああ、そうだな……」

彼女はとても軽い感じで言う。

確かに、これは殺し合いなどではなく、どちらが強いかを決めるのが目的なのだろう。

そういう意味では、命のやりとりじゃないのだからカジュアルに、というのもわかる。

だが、同時にこの戦いで両国のパワーバランスが決定するわけで。

直接的にどうこうというものではないため、俺も全面戦争よりはかなり気が楽ではあるが……それでも少しは気負うところがある。

対して彼女は、とても軽やかだった。まあ、このあたりは文化の違いもあるか。

恐るべき力を持つ魔族のなかにあって、さらに最強であるが故に魔王である彼女。

その力で猛者たちの忠誠を勝ち取ったのだから、相当な自信もあるだろう。

最強の武に連合全体が従うというのは、これまでも繰り返されてきたことだ。

賢者の石があっても、油断は大敵。俺は気合いを入れ直し、彼女と対峙した。

「じゃ、いこっか」

「ああ……」

そして闘技場で対峙した途端、彼女の空気が変わる。

楽しげな様子は変わらない。

軽やかさも変わらない。

しかし、身にまとうオーラはこれまでよりも明確に、強者としてのそれだった。

そんな彼女を前に、俺も戦闘モードに入る。

相手は魔王。連合最強の魔族。

そしておそらく、今この大陸においても、個としては最強。

そんな彼女を倒さなければいけない。

石の欠片と、それによって増えた魔法。それらをいかに活用して、彼女を倒していくか。

彼女の身体から力があふれる。

そしてそのまま、一直線にこちらへと飛び込んできた。

「――っ」

俺は風の魔法で速度を上げて後ろへと飛ぶ。

アドワの拳《こぶし》は、その小ささからは信じられないような音を立てながらも、なんとか空《から》ぶった。

俺も魔法で身体強化しているが、彼女のそれはより高い倍率のようだ。

さすがは魔族。

見た目は元気な女の子でも、その力はとてつもない。

「ふっ――！」

すかさず飛び込んでくるアドワ。

俺は新魔法を用いて、彼女の攻撃を半ば自動でかわせるようにする。

この身体能力だ。

どこから攻撃が来るか、読み切れない瞬間があるかもしれないしな。

俺はなんとか距離を置き、魔力の塊を飛ばしていく。

アドワは事もなげにそれを打ち払うと、再び腕を振るい、今度はこちらへと炎を放ってきた。

ちょっとした魔法使いのものとは、桁違いの炎だ。

俺は水の壁でそれを防ぐ。

じゅっと水が蒸発し水蒸気が上がる。

それを突っ切るようにアドワがつっこんできた。

「……っ!?」

アドワの拳が届く前に、俺が勢いよく後ろへと飛ぶ。

彼女はそんな俺に、再び炎を放って追撃してきた。

メインは近接でありつつも、相手が距離を置こうとするならそれを追う手段もある。

さらに、炎にせよ身体強化にせよ、根本的に魔力が強大であるため、シンプルな攻撃ですらものすごい威力だ。

さすがは魔王ということだろう。

搦《から》め手《て》やスキルというよりも、純粋なパワーでねじ伏せていくスタイル。

それでやってこられるだけの地力があるのだ。

そんな彼女に感心しつつ、俺がそのスタイルに付き合う必要はない。

彼女自身、これまでも俺のような手合いを、そのパワーでねじ伏せてきたのだろう。

俺は衝撃波を飛ばしつつ、地面から杭を発生させて、彼女の逃げ道を塞いでいく。

「くっ――――!」

誘導に使っているとはいえ、突き出す杭も衝撃波も、それ自体が充分な威力を持った攻撃だ。

彼女も無視はできず、俺の狙い通り誘導されていく。

が、ある程度まで行ったところで、アドワは急に動きを変えた。

「はっ――――!」

気合いとともに、地面を殴るアドワ。

それによって杭もろとも消し飛ばし、地面にクレーターができる。

彼女は強引にスペースを確保し、改めて距離を詰めようとした。

俺は槍状の魔法を飛ばして牽制するも、彼女はそれをかわし、詰めてくる。

だが――それは俺の狙い通りだ。

目の前に壁を形成するも、アドワはそれを打ち破る。

そこで俺は踏み込み、振り抜かれた彼女の拳をつかんだ。

「っ……」

爆破魔術を込めた手が彼女に触れるのと同時に、先程飛ばしておいた槍が背後からピタリと彼女に迫った。

「……すごいな……!」

アドワは負けを認め、そう呟いた。

魔法の槍も、そこで解除する。

「すごい、すごいぞヴァール！」

負けたというのに、彼女は興奮しているようだった。彼女は俺を見つめて言った。

「あたしより強い奴、初めてだ……！」

魔王である彼女からすれば、それもそうだろう。

実際、彼女の力はとても強大だ。

もし賢者の石を手にする前の俺なら……優秀な騎士を大勢引き連れていてもどうだろうか、というくらいの接戦だっただろう。

今回のように、圧力をかける魔法、彼女にダメージを通せる威力の魔法を扱えるようになったのは、ここ最近のことだった。

石の欠片によって魔法への理解が深まり、魔力の伝達効率がよくなり、新しい魔法を生み出すこともできた。

先程使った槍の魔法も、本来ならば一直線に飛ばすことで威力を得られるものだ。

その軌道を曲げるというのは、古代魔法の応用だった。

そんな風に考えに耽る俺に対し、アドワはキラキラとした目を向けていたのだった。

「強い奴が正義。ヴァール、あたしたちはお前についていくぞ」

彼女はからっとそう言った。

「それに、今ヴァールと戦って、あたしには少し見えたものがある。あたしより強い奴のおかげで、あたしは今よりもっと強くなれそうだ！」

心から楽しそうに言うアドワを見て、なんだかこちらまで気分が軽くなるようだった。

ともあれ……。

アドワに勝利したことで、コンタヒオ連合が王国と衝突することはなくなった。

俺が今回ここにきた目的は達成されたわけだ。

そんな俺の様子を見て、彼女は戦闘後のハイテンションを維持しつつ、話を切り替えていく。

「ヴァール、もうしばらくこっちにいてくれ。ヴァールには新しい魔王になってもらわないと♪　裏ではあたしが仕切ってもいいけど、いろいろ調整も必要だし」

「ああ、わかった」

さすがに、魔王として実際に国を背負うのは荷が重すぎる。

魔王であるアドワに勝ったこともあるし、文句がある相手は同じように倒せば従ってくれはするのだろうけれど、そもそもの考え方やカリスマ性に違いがあるしな。

元々、少し前までは、ひとりぼっちで研究ばかりしていた身だ。

アドワが実質的な魔王としてこれまで通りにやってくれつつ、俺の意見を尊重してくれるというのなら、それは最善に近いかたちだ。

目的が達成できれば、こちらに異存はなかった。

そんなわけで、俺はしばらくこの城にとどまり、彼女たちと詳細を詰めたり、これからについて話し合ったりすることになるのだった。

●

そんなことが決まり、数日が過ぎる。

まずは連合内部での話し合いが中心ということで、俺はちょっとした挨拶を様々な魔族の重鎮と行いつつ、多くの時間はのんびりと過ごしていた。

力へのリスペクトが深く根付いているのと、アドワの人望もあって、魔族は王国以上にすぐに俺を受け入れてくれていた。

相手も力のある魔族。最初は人間であり、突然現れた俺をいぶかしむ者もいたが、実際に会ってみると力を感じ取り、すぐに態度を軟化させてくれたのだった。

そういった点で、王国のときよりもはるかにスムーズだった。

と、用意された部屋でくつろいでいると、アドワが部屋を訪れてきた。

「ヴァール、今って時間大丈夫？」

「ああ、かまわない」

「よかった♪」

そう言って笑みを浮かべるアドワは、魔王だということを忘れてしまうほどかわいらしい女の子でびっくりする。今はコンタヒオ連合の調整に動いていてくれる彼女だが、勝負に勝ってからは、なんだかすっかりと懐かれてしまった。

自分より強い存在というのが珍しい、というのもあるのだろう。

なにせ彼女は魔王。

個としては最強だった訳だからな。

今はさらに強くなろうとしている、そんな戦闘大好きな面もあるものの、戦っているとき以外の彼女は、元気で明るい美少女、という感じだった。

そんな彼女が、今日はいつになく近い距離へと詰めてきていた。

「ようやく話も落ち着いて、ヴァールと過ごせるようになったんだ」

言いながら、彼女はずいっと身を乗り出しながら顔を近づけてきた。

整った顔がすぐそばにくるのは少し照れくさい。

それに身を乗り出したことで、大きなおっぱいの谷間が強調され、そちらにも目をうばわれそうになってしまう。そんな俺の様子を知ってか知らずか、彼女はそのままくっついてきた。

「ね、ヴァール。ちょっと聞くけど……」

至近距離で見つめてくる彼女。加えて、柔らかな膨らみがむにゅりと俺の身体に当たっている。

その気持ちよさを感じていると、ムラッときてしまう。

特に最近はセラピアもいないから、ずっとしていなかったしな。

それどころではなかったので気になっていなかったが、こうしてくっつかれ、女の子を意識させられると、溜まっていた性欲が鎌首をもたげてきてしまう。

「あっ、ヴァール、これ……」

そんな俺の愚息に、アドワの手が伸びてくる。

「うっ、アドワ、そこは……」

「わっ、ここ、膨らんで……硬くなってる……♥」

彼女の手がズボン越しに肉竿に触れる。

何日も出していなかったそこを刺激されると、欲望は膨らむ一方だった。

「これ、興奮してるってこと……？」

「ああ、まあ……」

「そうなんだ……それって、あたしにってことだよね？」

そう言いながら、彼女は上目遣いにこちらを見る。

まっすぐなその目を向ける最中にも、おっぱいがむにゅむにゅと当たっているのだった。

「ああ……」

俺がうなずくと、彼女は笑顔になった。

「嬉しい……あたしで興奮してるんだ……♪」

そう言った彼女は、さすがの行動力を見せる。

「いいよ♪　じゃあ、質問は後で！　あたしもヴァールのこと気になってるし……」

魔族は強い力を求めるもの。当然というか、強い遺伝子にも反応しやすいのだろう。

そして俺は、彼女に唯一勝てる存在なわけで……。

アドワの本能が刺激されているというのも、納得できる話だった。

そして俺としても……。

彼女のような美少女に誘われて、悪い気がするはずもなく。

溜まっていたこともあり、言われるままベッドへと向かうのだった。

「ん、ヴァール……」

抱きつくようにして、キスをしてきた。

彼女の柔らかな唇を感じていると、昂ぶりは増していく。

「んんっ……♥」

彼女に応えるように舌を出すと、アドワは不慣れな様子でそれを受け入れた。

「ん、れろっ……ちろっ、んぁ……♥」

アドワの口から、艶めかしい吐息が漏れる。普段の元気な姿とも、魔王としてのも威厳ある姿とも違う、かわいらしい女の子の姿を見せるアドワに、劣情が増していく。

「んん、あふっ、ヴァールの舌、ん、すごくえっちだね……♥」

彼女はそう言いながら、舌を絡めてくる。

「れろっ、ちろっ……」

センスがあるのか、最初はたどたどしかった舌使いが、みるみるうちに上手くなっていった。

「あふっ……ヴァール、んっ……♥」

口を離すと彼女はすっかり、とろけた女の顔になっていた。

そんなアドワの様子に俺は耐えきれなくなり、彼女の服に手をかけていく。

「ん、ヴァール……」

彼女はうっとりと見つめて、身を任せてくれる。

「あっ……そこ……」

まずは胸元を脱がせていくと、そのたわわな果実がたゆんっと揺れながら現れる。

「んっ……」

引き締まった身体を持つ彼女の中で、強調されるように柔らかで大きなおっぱい。

俺はその双丘へと手を伸ばし、揉んでいった。

「ん、はぁ……♥」

彼女は少し恥ずかしそうにしつつも、俺の手を受け入れている。

「あ、あたしの胸、ん、どうかな……」

「ああ、柔らかくて、気持ちいいよ」

「よかった、ん、はぁっ……」

アドワは恥ずかしがりながらも、胸に触れられて感じているようだ。

「あふっ、大きいおっぱい、戦うのに邪魔だと思ったことも多かったけれど、ん、ヴァールがおっぱい好きならよかった」

そう言った彼女の胸を、俺は肯定するようにむにゅむにゅと揉んでいく。

柔らかなおっぱいはやはり魅力的で、ずっと触っていたくなるほどだ。ハリのある大きなおっぱいは俺の手でかたちを変えつつも、その魅惑の感触をはっきりと伝えてきている。

「ん、あっ、はぁ……」

胸への愛撫を続けていると、彼女の声がどんどんと色っぽいものになっていった。

「ヴァールの手、ん、あたしの胸を触って、ん、ふぅっ……♥」

いつもは元気な彼女の、吐息交じりの声は妙に艶めかしく俺を誘う。

「ん、はぁっ……♥」

むにゅむにゅとその感触を楽しんでいると、彼女は表情をとろけさせていった。

「あぁ……ヴァールの手、ん、あぁ……」

俺は巨乳を味わいながら、自らの高まりも感じていた。

「ん、ヴァール、あたし……」

アドワは潤んだ瞳で俺を見つめる。

「ヴァールのこと、すごく、欲しくなっちゃってる……♥」

そう言いながら、俺の股間をすりすりとなでてくる。

「うっ……」

アドワの誘うような指使いに、張り詰めたものが苦しくなっていく。

「ね、ヴァールのこれ……」

彼女は俺のズボンをくつろげると、下着の中へと手を忍び込ませてくる。

「すごく熱くて、硬い……これが、ヴァールの……オスの部分なんだ……♥　……すごいね……♥」

「アドワ……」

彼女はそのかたちを確かめるかのように、肉竿をつかみ、撫でてくる。

細い指がさわさわさと肉竿を刺激してくるので、溜まっている俺はその気持ちよさに腰を引きそうになってしまった。

「ね、ヴァール……」

彼女はうっとりと言いながら、俺の下着をずらすと、肉棒を露出させた。

「逞しいおちんぽ……♥　ね、ヴァールはこれを、どうしたいの……？」

そう言いながら、彼女は上目遣いにこちらを見てくる。

「あたしは、んっ、ヴァールの逞しいこれ……♥　入れてほしくなっちゃってる……♥　はぁ、ん、ふぅっ……♥」

「アドワ……うっ」

そんな風に言いながら、軽く手を動かしてくるアドワ。すっかりと発情したメスの顔になっている彼女に、そんなおねだりをされて……我慢できるはずがなかった。

俺は彼女を、ベッドへと押し倒す。

「きゃっ♥」

嬉しそうに声をあげる。俺は彼女の服に手をかけて、脱がせていく。

「あっ、ん、ふうっ……♥」

すぐにアドワは、生まれたままの姿になった。

引き締まった身体に、大きなおっぱい。俺はそのまま、秘められた花園へと手を伸ばしていった。

「んっ♥」

そこはもう潤っており、俺の指をするっと受け入れる。

「ん、ヴァールの指、ん、あたしの中に……」

「ああ。アドワのここ、もうすっかり濡れてるな」

「うんっ……」

彼女は顔を赤くしてうなずいた。そんな反応にも、劣情が湧き上がってくる。

「すっごく疼いちゃってるの……」

俺を見上げながら言った。

「ヴァールの子種が欲しくて、お腹の奥からきゅんきゅんしちゃう……♥」

発情するアドワに耐えきれず、俺は彼女の足をガバリと開かせた。

「あぁっ♥　そんな、んっ……」

ぐっと足を上げさせると、秘部が突き出される姿勢になった。濡れた蜜壺が薄く花開いている。

「あぁ……こ、こんなかっこう、んっ……♥」

彼女もさすがに恥ずかしいのか、顔を赤くして目線をそらした。

しかし、それと同時に期待もしているようで、おまんこからはとろりと愛液があふれ出す。

「ヴァール、んっ……」

「恥ずかしい格好で感じてるのか……」

「あぅっ、だって、ん、ふぅっ……」

彼女は顔を赤くしながらも続けた。

「ヴァールに、ん、屈服させられてるみたいで、あっ♥　ん、ふぅっ……♥」

どうやら、アドワはちょっとマゾっ気があるみたいだ。

自身が強い側だったからこそ、強引にされるのが好きなのかもしれない。強いオスを求める魔族のメスの本能、という部分もあるのかもしれないが、おそらくはアドワの趣味だろう。

そういうことなら……。俺は猛る肉竿を、彼女の膣口へとあてがう。

「あっ♥　ん、硬いのが、んぅっ……」

少しくらい強引なほうが喜ぶのかもしれない。こちらとしても、アドワのような元気で強い娘をオスの力でわからせるというのは、興奮するものだった。

「それなら、このまま強引にしてやるよ、ほら……」

「あぁっ♥」

少し腰を進めると、彼女が声をあげる。

「ん、はぁっ……ヴァールの、あっ♥　逞しいおちんぽ♥　ん、あ、あたしのおまんこに、ふぅっ、んぁっ……♥」

大きく足を広げ、おまんこを突き出すポーズのアドワへと挿入していった。

「んはぁっ♥　あっ、んはぁぁぁっ……！」

プチッとした感触とともに処女膜を貫き、肉棒が蜜壺へと侵入していく。

「あふっ♥　ん、ああっ……熱いのが、あたしの、中、んぁっ！」

うねる膣襞《ちつひだ》が肉棒をキツく締めつけてくる。

魔王の処女穴が、強いオスの子種を求めるように吸いついてきた。

「あっ♥　ん、はぁっ……！」

戦闘好きで痛みにも強いためか、それとも強いオスに屈服させられる状態にとても感じているからなのか……アドワは処女喪失にも痛みを感じている様子はなく、ただただ快感を覚えているようだった。

「あふっ、ん、はぁっ……」

「すごいな……いきなりこんなに感じているなんて」

俺が言うと、彼女は恥ずかしがりながらも言った。

「だ、だって、こんな気持ちいいのに、んぁっ♥　ああっ……！」

これなら遠慮はいらなそうだ。

いや、むしろアドワはそのほうが感じてくれるのか。

俺は屈曲位のまま、あられもない姿のアドワに腰を打ちつけていく。

「んはぁっ♥　あっあっ、すごいっ、んぅっ……♥」

アドワはおまんこを突き出すようにしながら、快感に喘いでいる。

魔王として対決したときとは違う、かわいらしく感じる普通の女の子のアドワ。

そんなギャップに俺の興奮も増し、さらに腰を速く動かしていく。

「あぁっ♥　んはぁ、ヴァールの、逞しいのが、あぁっ……♥　あたしのおまんこ、かき回して、んはぁっ！」

かわいらしく喘ぎながらも、その膣襞が肉棒を求めて締めつけてきていた。

「だめっ、ん、はぁっ♥　感じちゃう、ああっ♥」

「う、アドワ……」

その魔王まんこの気持ちよさに、俺は早々に限界を迎えそうだった。

溜まっている状態に、美女からのお誘い。

しかも、強引にされて感じてしまうなんていう、ドスケベな女の子ともなれば……。

俺の本能も存分に刺激され、すぐにでも目の前のメスに、この気持ちいいおまんこに、種付けしたくなってしまう。

「んはぁっ♥　あっ、あぁぁっ！　ヴァール、ん、はぁっ♥」

俺は腰を動かす速度をあげていった。

彼女もそれに応えるように感じ、乱れていく。

「んはぁっ♥　あっ、すごい、あっ♥　あたしの奥まで、んぁっ♥　おちんぽ♥　ガンガン突いてきて、ん、はぁっ♥」

「アドワ、う……そんなに締めつけられると、出しそうだ……」

俺が言うと、彼女は感じ入りながらも答える。

「出して、ん、ああっ♥　あたしの中に♥　ヴァールの、子種汁っ……♥　あっ、ん、はぁっ♥」

「あぁ……！」

嬌声に合わせてうねり、締めつけてくるおまんこに射精を促されていく。

「う、いくぞ……！」

「んはぁっ♥　あっ、ん、くぅっ、あぁぁっ！」

俺はラストスパートで、腰の動きを速めた。

「あっあっ♥　すごいのぉ♥　んぁ、あっ♥　あたしの奥まで、ああっ♥　いっぱいっ、おちんぽにかき回されて、んぁっ♥」

嬌声をあげて乱れていくアドワ。俺はそのおまんこを何度も突き続け、膣襞を擦りあげていく。

「んはぁっ♥　あっ♥　イクッ！　あぁっ♥　あたし、すごいのぉ♥　イクッ！　あっあっ♥　んはぁっ！」

「ぐ、出すぞ……！」

俺も欲望のままに腰を振り、その膣奥へと肉棒を届かせる。

「んはぁっ♥　あっあっ♥　おちんぽ♥　あたしの中で膨らんで、んはっ♥　硬いのが、はぁっ！」

「うっ……あぁ……！」

どびゅっ！　びゅくびゅくっ、びゅるるるるっ！

俺は溜め込んでいた精液を、彼女のおまんこに放っていった。

「んぁっ♥　イクッ、イックウウゥウゥッ！」

「う、おぉ……！」

中出しを受けた彼女も絶頂を迎え、大きく身体を跳ねさせる。

そして膣襞が収縮し、射精中の肉棒をさらに絞り上げてくる。

「ああっ♥　あたしの中に、んぁっ♥　ヴァールの、濃い子種汁が、いっぱい♥　んぁっ、すごすぎて、んぁ、ああっ♥」

射精の気持ちよさに浸っていくアドワ。

おまんこのほうもしっかりと肉棒に吸いつき、締めあげてくる。

そんな膣襞に促されるまま、俺を気持ちよく射精を続けていくのだった。

「あっ……♥　ん、はぁっ……♥　すごい……ヴァールの、あっ♥　ドロドロ、あたしのお腹に、いっぱい入ってる……♥」

彼女はうっとりと言って、自分のお腹をなでるようにした。

その仕草がまたエロい。

「あふっ……♥　こ、こんな濃いの、あっ♥　中にいっぱい出されたら、危ない日でなくても孕んじゃうかも……♥」

きゅっとおまんこを締めながら、そんなことを言う彼女。

その顔は快感でとろけ、まるで受精を楽しみにしているようだった。

「ね、ヴァール……」

肉棒を引き抜き、一息つくと、彼女が俺に甘えるようにしながら言った。

「まだもう少し調整は必要だし、あたしとの交渉、もっと続けてね」

そんなえっちなお誘いに、俺はもちろん大喜びで応えるのだった。

●

魔族にとってやはり個の力というのは重要だったようで、思っていた以上にスムーズに、俺は魔王として受け入れられることになったのだった。

連合内のたった数日の連絡で、俺は正式に魔王として担がれることになったのだ。

魔族の多くがそういうタイプだということを知ってはいたものの、この素速い決定を実際に目にするとやはり驚く。

魔族でもないただの人間、それも得体の知れない魔法使いを、あっさり王として認めるなんて……。

「おお、魔王様！　いや、こうして見るとなるほど……お強いですな」

お披露目が終わった後、声をかけてきたのは燕尾服のようなものに身を包んだ男性魔族だ。

アドワが魔王だったときにも様々な面でフォローしてくれていた古参で、いわゆる吸血鬼に類する魔族だという。

彼は彼で様々な調整に動いていてくれたため、俺が顔を合わせるのは初めてだった。

「魔法使いタイプなのに、身体に流れる魔力がとてもスムーズです」

俺の姿を見て、心なしかテンションが上がっているようだ。

戦闘中でもないのに、相手の魔力の流れをすぐに読むというのもかなりすごい観察眼だが、吸血鬼ということで、そのあたりが得意なのかもしれない。

そういう彼自身も、目にしただけでわかる強者のオーラをまとっている。

連合では知性派の参謀的なポジションとはいえ、やはり力が重要なこの場所で高い地位にいる者。

戦闘力もかなりのものだろう。

「いやあ、たいしたものです」

そんな風に話していると、今度は筋骨隆々の大男が近づいてきた。

「おぉ、新魔王様、あのアドワに勝ったってな！」

豪快な様子で話しながら、その大男が近づいてくる。

その見た目通り――いや、それ以上のパワーを秘めるであろう巨漢は、帝国との境目に領地を持っている連合の将軍だ。

王国以上に戦力があるだろう帝国との境界線を守っている、いわば切り込み隊長に当たる人物。

印象通りの武闘派だ。そんな彼も、俺を見るとずいぶんと友好的に接してくるのだった。

アドワの人望もあるだろうし、力ある者に敬意を、というのが染みついているのだろう。

そんな訳で、俺は魔族ですらないというのに新たな魔王として担《かつ》がれた。

それからも様々な魔族たちに囲まれては、興味深そうにいろいろと聞かれるのだった。

精神系の魔法を使わずともスムーズに進むその状況に、俺のほうがあっけにとられてしまうくらいだ。魔族というのは、基本的に好奇心旺盛なようだった。

「さて、それじゃ、新魔王の誕生を祝した宴を！」

「おお！」

そして盛り上がる魔族たちによって、さっそく歓迎の宴が開かれたのだった。

●

そんな風に新魔王として祭り上げられ、魔族たちとの関係も良好なまま宴を終わった夜。

魔王城に宛がわれた部屋でノンビリとしていると、アドワが尋ねてきたのだった。

「ヴァール」

親しげに俺を呼ぶと、こちらへと来る。俺は彼女を抱き寄せるようにして、その体温を感じる。

「ヴァール、あのね、このまえ……」

「俺に聞こうとしたことだな。もちろん、覚えている。賢者の石の欠片のこと……そうだろう？」

俺もまた、気になっていたことだ。もちろん魔王となったときに、要求することもできた。

だが俺は、アドワが決闘に石を使わなかったことにも気付いている。

魔族たちも俺の持つ石についてはなにも言わない。使ったことを、卑怯とも思っていないようだ。

つまりは魔王となる決闘は決して、魔族間でも石を賭けた戦いではないということ。魔王としての必須の条件でさえない。魔王となる条件は、純粋の勝ち負けだけなのだろう。

「なぜだ？」

それからは俺からも疑問をいくつかぶつけ、まずは聞いてみることにした。

「うん……勝負とは関係ないよ。使ってもよかったけど、戦争以外での決闘では魔王といえども普通は使わないんだ。でもヴァールは人間の魔法使いだから、使ったほうが自然でしょ。みんな納得してるし、あたしはとっても楽しかった！　そのためなら、使ってもらってよかったぐらいだし」

魔族とは呼ばれているが、彼らは誰もが明るく、裏表のない連中のようだ。俺にもそれがはっきりとわかってきた。

「でさ、ヴァールは石の欠片、欲しいのかな？　それはなんのため？」

「……そうだな。正直に言えば欲しい。俺は元々、研究者なんだ。石があれば多くのことが出来るようになる。それが嬉しいんだよ」

俺が言うと、アドワも笑顔になった。

「……だよね！　あたしたちもそう。自分が成長するのが、強くなるのがいちばん嬉しいんだ！　うん、いいよ、石はヴァールにあげるね」

そう言うと、アドワはなにやら取りだし、気軽に俺に投げて寄越した。

「……おい、これ、本物じゃないか！」

俺がすでに持つ二つよりも、やや大きい。すさまじい魔力を感じさせている。

「ほんと言うとね、誰も使えないんだ。持ったまま戦うと強くはなるけど、特別なことはできない。昔からそうだったよ。だから、使えるヴァールにあげるね。これがあればヴァールがもっと成長するなら、魔族のみんなも喜ぶよ！」

「……ありがとう、アドワ」

俺は感謝の意味も込めて、彼女を抱きしめた。

「ん、ヴァールぅ……♥　はふぅ……」

アドワも俺にくっついて力を抜いた。彼女はすっかり俺に懐いていて、ふたりだけだとこうして甘えてくる。そして俺たちはそのまま、ベッドへと向かう。

「お話は終わりだよね。じゃあ、えい♪」

彼女は楽しそうに言うと、俺のズボンを下着ごと下ろしてしまう。

「さっそく、ヴァールのおちんちんにご奉仕するね？」

そう言って、彼女のしなやかな指が、まだ臨戦態勢でない肉竿をつまんだ。

「あむっ♥」

そしてそこを、ぱくりと咥える。

「おぉ……」

アドワの温かな口内が、肉竿を咥え込んだまま刺激してくるので、当然反応してきてしまった。

「あむっ、じゅるっ……んっ♥　ヴァールのおちんぽ♥　あたしのお口の中で、ん、どんどん大きくなって……んぅっ♥」

ぐんぐんと体積を増して喉を突いていく肉竿に合わせ、あふれさせるように口を引いていく。

「あふぅっ♥」

そしてとうとう勃起竿を、一度口から離してしまう。

「あぁ……♥　ヴァールのおちんちん、逞しい姿になってる♥」

そう言ってうっとりと肉槍を眺めるのだった。

少し無邪気にも見える整った顔がちんぽのすぐ側にあるのは、背徳的なエロさがあるものだ。その光景に見とれていると、彼女は嬉しそうに竿へと舌を伸した。

「れろぉっ♥　あはっ、おちんぽ、すぐにぴくんってしたね♪」

舌の感触に肉竿が反応すると、アドワは嬉しそうに言って、さらに舌を伸してきた。

「ぺろっ……れろっ、ん、ちろっ……♥」

舌先が亀頭の先端を温かく刺激してくる。

「ぺろっ、れろっ……こうやって、おちんぽを舐められるの、気持ちいいんだよね？　じゃ、もっとしてあげる♪　ぺろっ、れろろろろっ！」

アドワは積極的に肉竿を舐め回してくる。

その舌は主に亀頭や裏筋などの、敏感な部分を狙って愛撫していた。

「れろっ……ちろっ、ぺろぉっ♥」

その気持ちよさに身を任せていると、思わず声が漏れてしまう。

「ふふっ、こうやって、れおっ……♥　おちんぽを舐めて、ヴァールが感じてくれるの、すごく楽しいな。ぺろろっ♥」

「アドワ、うっ……」

彼女はいたずらっぽい笑みで俺を見上げながら、舌を動かしていく。

「ちろっ、れろっ、ぺろぉっ……♥　こうして、んっ、ちろっ……先っぽのところを……れろれろれろれろっ♥」

彼女の舌が鈴口まで責めてきて、快感を膨らませていく。

「ぺろっ、ん、ちろっ……先っぽから、れろっ、えっちなお汁がしみ出してきたね……♥　ほら、ぺろぉっ♥」

彼女は大きく舌を動かして、先走りを舐め取った。

「れろっ、ちろっ……ん、どんどんあふれてきてる♥」

アドワは上目遣いに俺を見ながら、舌を動かし続ける。

その光景だけでもかなりエロく、舌での愛撫と合わせて、俺を興奮させていった。

「ん、ちろっ、れろっ……次は、もう一回お口で咥えて……あーむっ♪」

口が開き、パクリと亀頭を咥える。

先端を温かな口内に包みつつ、唇ではカリ裏あたりを刺激してきた。

「このまま、じゅぽっ……♥　ん、動いて……」

そしてアドワは、顔を前後に動かしていった。

「あむっっ、じゅぽっ……ちゅぶっ……」

彼女のフェラをおとなしく受け入れている。

「こうして、ん、お口でおまんこみたいに、おちんぽを咥えて……ちゅぶっ、んむっ……れろっ♥」

「うぉ、あぁ……！」

幹を唇でしごくようにしながらも、舌が亀頭を舐め回して刺激してきた。

膣内とは違うその刺激に、肉竿がビクリと反応する。

「ん、じゅぽっ……♥　じゅぶっ……ヴァールのおちんぽ、気持ちよくなってくれてるんだね……じゅるっ、ちゅぶっ……」

「ああ……すごくいいな……」

彼女のフェラで高められて、俺の欲望も煮詰まっていく。

「そうなんだ♪　よかった……それじゃあこのまま、あたしのフェラで、最後まで気持ちよくしてあげる♥」

そう言うと、彼女はフェラのペースを上げていった。

「じゅぶっ、ちゅばっ……じゅるっ、じょぽっ……♥　お口まんこで、じゅぶっ、おちんぽ刺激して、れろろろっ♥」

「う、あぁ……」

彼女は大胆に顔を動かしながら、肉棒にしゃぶりついてくる。

「じゅぶじゅぶっ♥　じゅぽっ、じゅるっ、ちゅぽっ♥」

その愛撫に、精液がせり上がってくる。

「ん、うっ、ちゅぶっ♥　おちんぽの先っぽ♥　ぷくって膨らんで、張り詰めてきてる……♥　もう、でそうなんだね？」

「ああ、イキそうだ……」

認めると、彼女の愛撫はさらに激しさを増してった。

「じゅぶぶっ！　じゅるっ、ちゅばっ……。れろっ♥　いいよ……このまま、あたしのフェラでいって……♥　じゅぶじゅぶっ！　ちゅばっ♥　じゅるるっ！　こうして、ちゅぽちゅぽしながら、おちんぽを吸って、ちゅぅぅぅっ！」

「ああ……！」

バキュームフェラを受けて、俺の限界が迫ってくる。

「あはっ♥　このままいくね……じゅぶじゅぶじゅぶっ！　じゅるっ、ちゅぽっ♥　れろれろっ、じゅぼぼっ、じゅるるるるるっ！」

「出る！」

そうして、俺はそのまま射精した。

「んんっ!? ん、んむっ♥ じゅるっ、んくっ……」

俺が出した精液を口で受け止め、そのまま飲み込んでいく。

「んむ、んく、ん、じゅるるっ！」

「う、いま吸われると……！」

射精直後の肉棒を吸引され、あまりの快感の大きさに声が出てしまう。

「ちゅぷっ、ん、ごっくん♪ あふっ……」

精液を飲み終えると、彼女は肉竿から口を離した。

「あぁ……♥ ヴァールの精液、すっごくエッチな味がする……♥」

うっとりと言うアドワの表情はとてもエロい。

「あたしも、我慢できなくなっちゃう……♥」

彼女は服をはだけさせて、そのまま俺に跨がるようにした。

着崩れ、エロい格好になったアドワが、発情した顔で俺を見ろしてくる。

「ね、ヴァールのおちんぽ、まだまだ元気だよね？」

こんなエロい姿を見せられては、出したばかりといえども、すぐにでもまたしたくなってしまうものだ。当然、頷《うなず》いた。

「ん、それじゃこのまま、今日はあたしが、ん……」

アドワは腰を一度浮かすと、天を向いている肉竿を手に取り、自らの割れ目へと導いていった。

「んぁっ、あっ……ん、ふぅっ……！」

そのまま腰を下ろし、肉竿は蜜壷へと抵抗なく飲み込まれていく。

「あふっ、ヴァールの、ん、大きなおちんぽが……♥　あたしの中を押し広げて、はぁっ……♥」

騎乗位で繋がった状態で、俺を見つめてくる。とろけたその表情の彼女は、とてもセクシーだ。

普段の明るさとは違う妖艶さがある。そんなことを考えていると、腰を動かし始めた。

「あぁっ……ん、はぁっ、ふぅっ、ああっ……」

緩やかに腰をスイングし、上下動も合わせていく。

そのたびに蠕動する膣襞《ちつひだ》が、肉棒を擦りあげて刺激した。

「ん、はぁっ、ふぅっ……」

アドワの膣内はきゅっと肉竿を締めて、震える。

媚肉の快感に浸っていると、彼女のほうもどんどん盛り上がっているようだった。

「あふっ、ん、はぁっ……これ、ん、あっ♥　あっ……！」

気持ちよさそうな声をあげながら、アドワが動いていった。

「あっ♥　ん、はぁ……すごい、ん、うぅっ♥」

彼女は俺の上で、大胆に腰を振っていく。俺はその光景を熱心に見上げていた。

「あふっ、ん、はぁっ♥　おちんぽ♥　あたしを突き上げて、んはぁっ♥」

彼女が身体を揺らすのに合わせて、大きなおっぱいも弾んでいく。

下からの角度だと、ボリューム感がますます強調されて眼福だ。

「自分で、ん、腰振るの、あっ♥　なんだか、すごくえっちな気分になるっ♥」

アドワはそう言いながら、さらに腰を動かしていった。

「あっあっ♥　ん、はぁっ……」

彼女が腰を振るたびに揺れる、その大きなおっぱいを眺める。

「あふっ、ん、はぁっ……あぁっ……！」

たゆん、ぽよんっと揺れる巨乳には、どうしたって目を奪ってしまうものだ。

「んはぁっ♥　あっ、ん、ヴァール、どう……？　気持ちいい？」

「ああ、すごくいいな。それに、アドワがえっちに腰を振ってる姿もそそる」

「あんっ♥　あ、あたしも、自分がすっごくえっちになってる感じがして、あっ♥　興奮しちゃう、ん、ふぅっ……♥」

アドワの艶めかしい姿を見ながら、俺は揺れるおっぱいへと手を伸ばしていく。

「あっ、んはぁっ……♥」

そして持ち上げるようにして、大きなおっぱいを揉んでいった。

「んっ♥　あっ、ふぅっ、あうっ……」

彼女は声をあげながら、俺の手を受け入れていく。

むにゅむにゅと存分に揉み込み、魅惑の果実を楽しんでいった。

「あっ♥　おっぱい、そんなにいっぱい触られたら、ん、はぁっ……♥」

それでも腰を動かすのは止められないようで、艶めかしい声を漏らす。

「あっ♥ ん、はぁっ……」

俺はそんな彼女の胸をしばらくは堪能していった。

「ん、はぁっ、ああっ……♥」

手のひらに重みを感じるこの角度。触り心地がとてもいい。

「あんっ♥ んぁ、おまんことおっぱい、んぁっ♥ 両方気持ちよくて、あっ♥ ん、ふぅっ……！」

彼女も喘ぎながら極まっていく。それに合わせて、膣襞もきゅっと肉棒を締めつけていた。

「あふっ、はぁっ……♥ ヴァール、あたし、あふっ、そろそろ、イキそうっ、ん、はぁっ……♥」

そう言って、アドワは腰をさらに大胆に振っていった。

「んはぁっ♥ あっあっ♥ ん、あうっ♥」

腰ふりが激しくなるのに合わせ、俺はその巨乳から手を離す。

大きく腰を振っているので、おっぱいがさらにたぷたぷと揺れる姿は、ものすごくそそる。

「んはぁっ♥ あっ、ん、くぅっ、あんっ♥」

下半身では膣襞も肉棒を締めつけ、快楽をむさぼるかのように蠢いていく。

その両面の刺激で、俺にも限界が近づいてきた。

「んはぁっ、あっあっ♥ ん、ああっ！」

俺は一心に腰を突き上げ、射精への圧力を高めていく。

「んはぁぁっ♥ あっ、ヴァール、下からそんなに、んぁ、ああっ！」

アドワも嬌声をあげながら快楽に溺れていく。互いに腰を振り、タイミングを繋げて高め合っていった。

「んはぁっ♥　あっ、ん、ふぅっ、もう、イクッ！　あっ、あたし、んぁ、ああっ、イクッ！　んぁ、ああっ！」

「ぐ、こっちももう出そうだ……」

「きて、そのまま、あぁっ♥　あたしの中に、んぁっ！　あっあっ♥　んぁ、ああっ、あくぅっ♥」

「う、いくぞ……！」

うねる膣襞をかき分けながら、突き上げていく。

「イクッ♥　んぁ、ああっ、すごいの、きちゃうっ♥　んはぁっ、あっ、んぁ、イクイクッ、イックウウゥゥウゥッ！」

どびゅっ、びゅるるるるるっ！

アドワの絶頂と同時に、俺も射精した。

「ああ♥　熱いの、あたしの中に、んぁっ♥　ああああぁぁ……」

絶頂で収縮するおまんこに中出しを受けたアドワは、さらに嬌声を震わせる。

「んはぁっ♥　あっ、ん、あぁ……♥」

膣内が激しく蠢き、しっかりと精液を搾り取ってくる。

「あふっ、ん、はぁ……♥」

それからも、アドワは快楽の余韻に浸っていた。エロい姿を、俺もしばらく眺めていたのだった。

第三章　美女ふたりとの休日

イラージュ王国とコンタヒオ連合。

俺が二つの国を手中に収めたことで、大陸のパワーバランスは大きく変化していた。

二カ国の官僚たちが話し合いを進め、調整を行っていく。

イラージュ王国で聖女のバックアップを受けている俺が、コンタヒオ連合の魔王にもなった。

それは大変な出来事だったが、関係が悪化する心配はなさそうだ。

特にコンタヒオ連合の魔族たちは皆、魔王の力をリスペクトしているので、話がこじれるということがない。俺とアドワの意思は、そのまま尊重された。

とはいえ、長年に渡って睨み合ってきた者同士。

領土、賠償、数々の遺恨……。話すべき仮題は多い。

それなりの落とし所を見つける必要もあり、落ち着くまでにもうしばらくは時間がかかるだろう。

となると、その間はこれといって俺ができることもない。

――というか、下手に俺が口を出すと、その意見を通さざるを得なくなり、不満を言うこともできなくなってしまうだろう。あくまで彼らに任せて、俺は引っ込んでいるのだった。

俺には表立っての反対はできないだろうから、わだかまりが残ることになる。

お互いの納得とはほど遠い結果となれば、それは後々のことを考えるとよくない。

ともあれ。

そうして二カ国が正式に同盟を組み、力を合わせることになった。

ここまで来ればもう、俺が持つ石の欠片を帝国が安易に狙ってくることもなくなるだろう。

賢者の石はすでに、四分の三が俺の手にあるのだ。

帝国といえども、なんの策もなしに俺から石を奪うことは不可能だと思う。

それにもうひとつの野望もまた、叶いつつある。

出会いこそ偶然だったが、絶世の美女である聖女セラピアを手に入れている。

魔族らしい生命力と魅力に溢れるアドワもまた、最高レベルの美少女だ。

彼女たちに囲まれての暮らしは、最高だった。

すっかり俺好みのスケベな美女になったふたりと過ごすことで、俺の体力が持ちそうにない程に。

しかしそうはいっても、彼女たちのエロさにあてられたのか、俺の精力も増しているし、最高のハーレム生活だった。

彼女たちふたりの相性もとてもよく、仲良くしてくれている。

特に今はアドワも王国に滞在しているということで、面倒見のいいお姉さんのようになったセラピアと、元気な妹のアドワ、といった感じだ。

彼女たちとのいちゃいちゃハーレム生活を、俺も楽しむのだった。

●

そんなある夜、俺の部屋に彼女たちがふたりで訪れた。

のんびりとした暮らしの中、彼女たちがこうして俺の部屋を訪れるのはよくあることだった。

時にはひとりずつ、時にはこうしてふたりで来るのだ。

「今日はふたり一緒に来ちゃいました♪」

「この前は、すっかり気持ちよくされっぱなしだったからね♪　リベンジだよ」

そう言いながら、彼女たちが身を寄せてくる。

俺たちはそのまま自然に、ベッドへと向かった。

「あたしたちふたりで、いっぱい気持ちよくしてあげる」

「ヴァールさん、いっぱい感じちゃってくださいね♪」

そう言った彼女たちは、服をはだけさせながら近づいてくる。

俺はそんな彼女たちに身を任せることにした。

「ん、しょっ……」

「ふふっ……♥」

服がすっかりはだけてしまうと、そのたわわな二種類のおっぱいが、ぽよんっ、たゆんっと揺れながら現れて、思わず目を奪われてしまう。

アドワの、ハリのある大きなおっぱい。健康的な肌が眩しい。

そしてセラピアのボリューム感たっぷりの爆乳もまた、素晴らしかった。

彼女のたちの美しい胸を前にしていると、オスとしての欲望が滾《たぎ》ってしまう。

俺はそんな彼女たちの胸へと、たまらず手を伸ばすのだった。

「あんっ♥」

「ヴァールさん、んっ♥」

むにゅり、と両手で彼女たちのおっぱいに触れる。

美女ふたりぶんの大きなおっぱいを同時に触るなんて、なかなかできないことだ。

むにゅむにゅと、その柔らかな感触を楽しんでいった。

「ん、ヴァールはほんとにおっぱいが好きだよね」

「ああ、こんなに柔らかくて大きなおっぱい、好きに決まっているさ」

俺がそう言うと、セラピアが笑みを浮かべた。

「では、今日は私たちのおっぱいで、ヴァールさんをいっぱい気持ちよくして差し上げますね♪　ほら、ヴァールさん……」

「あ、あたしもするよ！」

そう言うと彼女たちは俺の服に手をかけて、脱がせていく。

すぐにズボンと下着が下ろされて、まだおとなしい肉竿があらわになった。

「ヴァールさんの、おちんちん……♥」

「ほら、元気になって」

アドワが手を伸ばし、その肉竿を軽くいじってきた。

ふたりの美女がおっぱいを晒した格好で、俺の股間をのぞき込んでいる。

その光景のエロさと、アドワの手の刺激によって、俺のそこはすぐに反応を始めた。

「あっ、大きくなってきた」

「ではおっぱいで、えいっ♥」

「おぉ……」

アドワが手を放すと、すかさずセラピアがその爆乳で、反応し始めた肉竿を挟み込んできた。

「あんっ♥　ヴァールさん、んっ……♥」

「うぁ……」

柔らかなおっぱいが、むぎゅっと肉棒を包み込む。

その気持ちよさと、おっぱいがむにゅむにゅっとかたちを変えるエロい姿に、興奮は増していく一方だった。

当然、その昂ぶりは肉棒にもはっきりと現れてくる。

「ん、ヴァールさんのおちんぽ♥　おっぱいの間でぐんぐん大きくなって、あんっ♥」

彼女は楽しそうに言いながら、その胸を両手で押すようにして、肉竿を刺激してくる。

柔らかなおっぱいの感触を感じていると、アドワもぐっと身を乗り出す。

「あたしもこっち側から」

「ん、じゃあ私は反対に移動して、ふたりのおっぱいで……」

「むぎゅっー♪」

「おぉ……！」

セラピアがスペースを譲ったので、ふたりのおっぱいが左右から肉棒を包み込んだ。

聖女のほんわかおっぱいに挟まれているのも気持ちよかったが、こうしてふたり分のおっぱいに挟みこまれるのはすごい。

柔らかな双丘に包み込まれ、肉竿が気持ちいいのはもちろん、美女ふたりがそのおっぱいを寄せ合っている光景も最高だった。

奉仕されているという、優越感もある。

感謝してその気持ちよさを感じていると、彼女たちが動く。

「どうですか、ヴァールさん……♥」

「ガチガチのおちんぽ♥　おっぱいを押し返してきてるな♪」

彼女たちは左右から、その大きなおっぱいで肉棒を挟み、刺激してくる。

むにゅむにゅとふたりの乳肉に包み込まれるのは、とても気持ちがいい。

「こうやって、ん、おちんぽ挟まれるの、気持ちいいですか？」

「ああ……すごくいいな」

おっぱいに挟まれる快感はもちろん、彼女たちの胸がそれぞれに、むにゅむにゅと押しつけ合ってかたちを変えている姿は最高だ。

流されるまま、彼女たちの愛撫を味わっていくのだった。

「ん、しょっ……」

「ふぅっ……えいっ♥」

ふたりは俺の反応を見ながら、おっぱいを動かしていく。

「えいっ、むにゅー♪」

「えっと……ぎゅぎゅー♥」

「おぉ……」

両側から胸を押しつけ、思い思いに動いていく。

左右からおっぱいがそれぞれの動きで刺激してくるのは、とても気持ちがいい。

ひとりでのパイズリと違い、二種類の動きとおっぱいを味わうことができる、不規則な刺激を与えてきてくれる。

「ん、しょっ……」

「えいえいっ♥」

彼女たちのパイズリで、俺はすぐに高められてしまう。

「おちんぽの先から、我慢汁が出てきてるね♥」

「ん、これを塗りたくるようにすると、くにゅー♪　あんっ♥　おちんぽ、ぬるぬるになっちゃいますね♪」

「これなら、もっと大きく動けるな。ほらほらぁ♥」

「うぉ……！」

彼女たちは楽しそうに言いながら、さらに大胆におっぱいを動かしてくるのだった。

むにゅむにゅたぷたぷと、大きなおっぱいに肉棒が刺激されていく。

そのダブルパイズリで、俺は高まっていった。

「ん、こうして、ふたりのお胸で挟んで……」

「いーっぱい擦りあげて、えいえいっ♥」

「う、もう……」

新鮮な快感ばかりのパイズリ奉仕で、精液がこみ上げてくるのを感じた。

「はい♪　私たちのおっぱいでいっぱい気持ちよくなって……ん、しょっ……精液、出しちゃってください♪」

最初は自身の性欲の解放を望んでいたセラピアだったが、このところはアドワの影響なのか、奉仕のほうが好きになってきているようだ。心底嬉しそうに胸を動かしている。

「ほらほらぁ♥　こうしてむぎゅむぎゅ、たぷたぷっと刺激して……！」

アドワもまた、魔族らしく他人の反応が大好きなようだった。

「うぉ……！」

ふたりはそのまま大きく胸を動かし、肉棒を擦りあげていった。

その気持ちよさに耐えきれず、俺は射精する。

「わっ！　すごいです♥」

「あはっ♪、精液、びゅくびゅくって出てる……♥」

彼女たちの四つの乳房に挟まれた肉棒。

そこから勢いよく飛び出した精液が、ふたりの顔とおっぱいに降りかかっていく。

「あんっ♥」

聖女様や美少女魔王の顔やおっぱいが精液で汚されていくのは、なんだかとても淫靡だ。

「すっごいどろどろ♥　濃いの、出たね♪」

俺の精液を浴びながら、嬉しそうにするふたり。

そんな彼女たちを、しばらくは眺めていたのだった。

「ね、ヴァール……」

「次はどうやって、気持ちよくなりたいですか？」

「ヴァールのおちんちん、まだこんなにガッチガチだもんね♪」

そう言って、アドワがすりすりと肉棒を擦ってくる。

彼女の言うとおり、俺のものはまだ出したりなくて上を向いたままだ。

「そうだな……」

俺は彼女たちを見つめ、そして言った。

「それならやっぱり、次はここかな……」

「あんっ♥」

「ヴァールさん、んっ♥」

俺はふたりの、足の間へとそれぞれ手を伸ばす。

ふたりとも、もうおまんこが濡れているようだった。

すっかりえっちになっているふたりに、俺の欲望も湧き上がっていく。

「ヴァールさん、ん、それなら……」

そう言うとセラピアが動き、仰向けにしたアドワの上に覆い被さるようにした。

「ね、ヴァールさん、ん、私たちのおまんこで、気持ちよくなってください♥」

「おお……」

俺はその光景に、思わず声をあげる。

抱き合うようにしているふたりのおまんこが、こちらへと向いていた。

ふたりは軽く足を広げ、その濡れそぼったおまんこをこちらへとアピールしているようだった。

「ん、この格好、恥ずかしいな……♥」

「でも、こういうのドキドキしますよね？　ぎゅー♪」

「あぅっ……」

セラピアがアドワに体重をかけるようにすると、ふたりの大きなおっぱいがむにゅりと形を変えていく。

そして下半身のほうも、濡れたおまんこ密接している。

そんなエロい光景を見せられてしまえば、当然、俺は滾っていく。

俺はさっそく、彼女たちに近づいていった。

「ん、ヴァールさん……」

「ひゃうっ♥」

そしてまずは、ふたりの秘肉の間へと肉竿を差し入れていく。

「あっ、んっ……♥」

ふたり分のおまんこに、挟み込まれるかたちだ。

「ん、おちんぽ、こすれて、あっ♥」

重なり合う濡れた割れ目に、肉竿をこすりつけて快感を得る。

「ん、あぁっ……♥」

やっていることは素股に近いのだが、同時にふたりのおまんこにこすりつける行為は、なかなかできないことだろう。

その豪華さに昂ぶりが増していく。

「あっ♥ ん、ヴァールさん、ああっ♥」

「あっ♥ その角度、んぁ、クリトリスが、ああっ♥」

位置を調整しながら腰を動かしていくと、ふたりがそろって嬌声をあげていく。

「あっ♥ これ、ん、擦られてるだけなのに、んぁっ♥」

「あふっ、あっ、アドワさん、そんなに、んぁ、身体を動かされると私まで、んぁっ♥」

身体をより密着させ、おまんこを擦って気持ちよくなっていると、彼女たちもどんどんと感じていっているようだった。

反応することで身体がさらに擦れ合い、おまんこ以外にも刺激がいっているらしい。

特に、むぎゅむぎゅと接しているふたりの大きなおっぱいは、刺激に合わせて激しくかたちを変えているようだ。

「あんっ♥ ん、はぁっ」

「あうっ、んん、あぁっ……♥」

彼女たちの色めいた声を聞きながら、腰を動かしていく。

「あっ♥ ん、はぁっ、ああっ……♥」

「ヴァール、ん、そこ、ああっ♥」

こうしてただ、濡れたおまんこを擦りあげるだけというのも、とても気持ちがよかった。

このままでも、そこそこいいのだが……。

下半身に目を向けると、肉竿を挟んでいるふたりのおまんこは、愛液をあふれさせながらもひくひくと誘っているようだった。

こんなエロいおまんこを前にして、入れない、というのも違う気がした。

そこで俺は、まずは上にあるセラピアのおまんこに狙いを定め、挿入した。

「んはぁっ♥ あっ、ヴァールさん、んぁ、ああっ！」

ぬぷり、と肉棒が膣内に入っていく。

待ちかねた刺激で蠕動する膣襞《ちつひだ》が、肉竿を咥えこんで震えた。

「んはぁっ♥ おちんぽ、入ってきましたぁ♥」

セラピアが嬉しそうな声をあげて、おまんこもきゅっと締まってくる。

俺はそんな蜜壺を、何度も往復していくのだった。

「んはぁっ♥　あっ、ヴァールさん、ん、んぅっ！」

ねっとりとした膣襞をかき分けて、力強くピストンを行っていく。

濡れたおまんこが肉棒を擦りあげてくるので、とても気持ちがいい。

「んはぁっ♥　あっ、ん、ふぅっ、あぁっ！」

俺は腰を振り立て、セラピアの膣内をかき回していった。

「ん、あっ♥　ああっ！」

そしてある程度のところで、一度肉棒を引き抜いていく。

「あんっ♥」

そして次は、その下でよだれを垂らしているアドワのおまんこに挿入してみた。

「んくぅっ！　あっ、ん、はぁっ……♥」

アドワは突然の肉竿に驚きつつも、気持ちよさそうな声をあげた。

激しく感じていることは、膣襞がすぐに肉竿に絡みついてきたことからもわかる。

「あっ♥　ん、はぁ、ああっ……」

待たせた分もあり、俺は最初からハイペースに腰を振っていく。

「んはぁっ♥　あっ、ヴァールのおちんぽお♥　んぁ♥　すごい、あうっ……あたしの中っ、いっぱい、んはぁっ！」

悦びで、気持ちよさそうな声をあげるアドワ。

俺も昂り、おまんこを無心でかき回していった。

「ああっ♥　ん、はぁっ、あぁぁっ！」

そしてまた肉竿を引き抜き、再びセラピアへ。

「あぁっ♥　ヴァールさんっ♥　ん、あぁっ！」

深く挿入し直し、奥を突くように腰を振っていく。

「んはぁっ♥　あっ、ん、くぅっ！」

「あうっ、あっ、なかぁ、んはぁっ！」

俺はふたりのおまんこを、代わる代わる貫いていった。

「あっあっ♥　ん、はぁっ、あうっ……」

「いっぱい、かき回されちゃって、んぁっ！」

美女ふたりを好きなように味わえるというのは、オスの欲望をくすぐるものだった。

その快楽に、俺はどんどん満たされていく。

「あっ♥　ん、くぅっ！　ヴァールさんのおちんぽ♥　ん、私の中で、いっぱい動いてますっ♥　あっあっ、んはぁっ！」

「んうぅっ！　あぁ、奥まで、おちんぽ届いてて、ん、はぁっ、ああっ！」

本能のままに腰を振って、ふたりの中を犯し尽くしていく。

「あ、ん、はぁっ♥　ん、あぅっ♥」

「あっあっ♥　そんなにされたら、あたし、ん、くぅっ！」

「うっ……！」

ふたりのおまんこはとても気持ちがよく、俺の限界も近づいてくる。

交互にとはいえ、俺はずっと、最高のおまんこを味わい続けているわけだしな。

「ああっ♥　ん、はぁっ、あふぅっ！」

「んぁ、おぉ、あっ♥　ん、ああっ……！」

「ぐ、ふたりとも、そろそろ……」

俺はそう言いながらも、腰を振り続ける。

「あっ♥　ん、ふぅっ、あっあっ♥　ヴァールぅ！」

「んぁ、ああ、ああっ……！」

精液がこみ上げてくるのを感じた俺は肉棒を引き抜くと、また最初のように、ふたりの間へと肉棒を差し込んだ。

「あっ♥　ん、あぁっ♥」

「熱いのが、こすれて、んぅっ！」

そしてそのまま、彼女たちの割れ目を擦りながら、最後へと向かう。

「あっあっ♥　すごい、ん、おちんぽ、擦りあげてきてっ……♥」

「先っぽが膨らんで、あっ、んはぁっ！」

ふたりが腰を寄せ、圧力を高めてくる。俺もまた、クリトリスの位置を意識しながら、秘裂を擦り上げていった。

「う、出るっ……！」

どびゅっ、びゅるるるるっ！

俺はそのまま、彼女たちの間で射精した。

「ああっ♥　熱いの、ん、いっぱい出てる……♥」

「あふっ、お腹に、どろどろの精液が……♥」

「あぁ……」

ふたりのおまんこに挟まれながら、俺を精液を放っていく。

膣襞のように絞り上げてくる感じはないが、美女ふたりの秘部に向けて射精しているという満足感でいっぱいだった。

「ん、はぁっ……♥」

「あふっ、おちんぽ、跳ねてる……♥」

俺はふたりの間から肉竿を引き抜き、その隣へと寝転がった。

彼女たちも軽く身体を拭くと、左右から俺を挟むようにして添い寝してくる。

「ね、ヴァールさん♪」

「こうして三人でするのも、なかなかいいね」

「ああ、そうだな……最高だよ」

俺は心地よい倦怠感に包まれながら、そう答える。

「もっと……しましょうね？」

「ちょっと休んだら、ヴァールのここも復活しそうだし♪」

「おう」

アドワが軽く肉竿をいじってくる。

今は射精直後で落ち着いているが、確かに、こうして彼女たちにくっつかれていたら、またすぐに反応してしまうかもしれない。

幸い、明日は重要な政務の予定もないし、それもいいかもしれないな。

そんなことを考えながら、俺はひとまずふたりの温かさにまどろんでいくのだった。

●

個人的な強さに信頼を置いてついてきてくれるコンタヒオ連合に比べ、イラージュ王国のほうはやはり宗教国家らしい複雑さを秘めている。落ち着いてはいるが、完全な安定にはまだ時間が掛かりそうだ。

そんなわけで俺は、アドワも連れてイラージュ王国で多くの時間を過ごしているわけだが……。

「こっちは快適でいいな♪」

セラピアに街を案内されていたときもそうだったが、元魔王のアドワは何の屈託もなく、王国の暮らしを楽しんでいるのだった。

俺の都合で連れてきているのだから、不便がられるよりは遙かにいい。楽しんでもらえているならなによりではあるのだが、しかし魔王がそれでいいのか？　と思う部分がないではない。

そんな彼女と、なんとはなしに街を歩いていく。

「まあ、あたしたちは別に、信仰とか文化がどうこうとかは、考えていないしなぁ……」

アドワはしれっと言う。

「むしろ、強さを求めるあまりおろそかになりがちなそういった部分を、この同盟で手に入れられるなら、みんなも喜ぶと思うよ」

そう言ったアドワは「経験が増えれば、もっと強くなることも可能だろうし」と、それらしいことを呟くのだった。

「そういう部分の、魔族的な考え方は俺も好きだな」

そもそも俺にしたって、失われた魔法の研究に熱心なだけだ。

人生ずっと、そればかりに打ち込んでいたほうだしな。

賢者の石の欠片だって、研究に役立つからありがたかったけれど、巨大な力が欲しかったってわけではない。

もしあの日、王国の兵が俺に目をつけずに遺跡の調査だけして帰っていたら……。俺は今でも、手持ちの石を研究し続け、新たな魔法だけで満足していただろう。

そうなると、こうしてアドワと出会うこともなかったのだと思えば、結果的には王国が襲ってきてくれてよかった、とも感じる。

「ヴァールも、考え方はシンプルだもんね」

アドワは楽しそうに言うと、そのまま俺の腕に抱きついてきた。

「そうだな」

彼女の大きな胸が、むにゅりと俺の身体に当たる。

「うん、欲望に忠実なとこも好きだよ♪」

そう言ってこちらへと顔を寄せてくるアドワ。

彼女もすっかりと、えっちになっていたのだった。

これまでは腕っ節でも並ぶ者がおらず、戦闘に明け暮れていたという彼女だったが……俺に負けてからは女の顔をするようになっていると思う。

それでいて一直線という部分はあまり変わらず……こうして街中でも積極的なのだった。

まあ、俺としても、そういうのは悪くないものだ。

しかし誘惑されれば当然、ムラッときてしまうわけで。

「ヴァールの目、すごくえっちになってるぞ♪」

「そういうアドワもな」

俺はそんな彼女を路地裏へと連れ込むのだった。

「あんっ」

ふたりして、人気のない路地裏に入り込む。仮にも元魔王と一緒に出歩いているので、最初から魔法で周囲からの意識はそらしておいてある。

アドワはすっかりとエロい顔になって、俺を見つめてきた。

「ヴァールってば、待ちきれないんだ？」

そう言うアドワだってとても嬉しそうで、彼女のほうこそ待ちきれないって感じだ。

ドスケベな美女の誘惑に、俺の興奮は増していく。

「ここ……もう反応してる♪」

そう言って、彼女はズボン越しに股間をなでてきた。

「そういうアドワも、濡れてるけどな。ほら」

「んぁ♥」

手を滑り込ませて割れ目をなで上げると、わずかな湿り気を感じる。

俺は、そんな彼女の割れ目を指先でいじっていく。

「あっ♥　ん、ふぅっ……♥」

色っぽい声を出すと、恥ずかしさをごまかすように小さく身を引いた。

「もう……えいっ♪」

そして彼女はかがみ込むと、俺のズボンへと手をかけてくる。

「あっ♥　あはっ」

彼女は勢いよく下着ごとズボンを下ろした。

すると当然、肉竿が飛び出て、彼女の顔の近くをかすめる。

その勃起竿に、アドワは色めいた声を漏らしたのだった。

「あはっ♪　ヴァールのおちんぽ♥　ガッチガチになってる♪」

楽しげにそう言うと、すりすりと肉竿をなでてくる。

細い指の刺激に、肉竿がすぐさま反応した。

「あっ、ぴくんってした……こんな街中でも、おちんちん気持ちよくなってるんだ？」

挑発するように言うアドワ。

その顔はすっかり発情しており、そんな表情を見せられると、肉棒を抑えられなくなる。

「そうだな」

言いながら腰を突き出すと、彼女は肉竿をそっと握り、顔を近づけた。

「ん、ちゅっ♥」

そして亀頭に、キスをしてくる。

「あたしに気持ちよくしてほしくて、こんなになっちゃったんだもんね♪　ちゃんと責任、取ってあげる♥」

そう言って、ぺろりと舌を伸した。

「れろっ、ちろっ……♥」

彼女の柔らかな舌が、先端を舐め始めた。

「あふっ……♥　ぺろっ……」

「あぁ……」

温かな舌が肉竿を刺激し、思わず声を漏らしてしまう。

「人がいないとはいえ、街中でおちんぽを出しちゃって……♥　ん、れろっ……こうして舐められて、気持ちよくなっちゃうんだ……♥」

煽るようなことを言いながら、舌を伸しているアドワ。

そのエロい姿に、俺の興奮は増していった。

「れろっ……ちろっ、ん、ふぅっ……♥　ガチガチのおちんぽ♥　れろっ、ぺろっ……舐められて、ヒクヒクしてる……♥」

彼女は嬉しそうに肉竿を舐めてくる。

「れろっ、ぺろっ……」

そのご奉仕ぶりに、気持ちよさが膨らんでいった。

「ん、ぺろっ、れろっ……あふっ、ちろっ……」

路地裏で膝をついてまで、チンポを舐めているアドワ。そのドスケベな姿にどんどんと気持ちも高まっていく。

「ヴァール、ん、れろっ……そんなに腰を突き出して……♥　ちろろっ！　あはっ、もっと気持ちよくしてほしいの？」

「ああ……そうだな」

「そうなんだ？　れろっ、ぺろぉっ♥」

そう言いながら、彼女は挑発するように大きく舌を出して肉棒を舐めあげる。

そして口を大きく開けた。

「んぅっ……ん、れろぉっ……」

咥えると見せかけて、口を引いて舌を伸してくる。

焦らすその動きも悪くないが、ムラムラが蓄積していった。

「あー……れろろっ♥　ふふっ♪　ヴァールのおちんぽ♥　しゃぶってほしそうにひくひくしてる♥　ほらぁ、べろぉ♥」

そう言って挑発してくるばかりで、これ見よがしに舐めてはくるものの、咥えはしない。

まったく、どこでそんなことを覚えてきたのか。

そのSっ気はある意味、魔王っぽいと言えばぽいのかもしれない。

だが、アドワはどちらかというとマゾだ。俺はそう思う。

強い力で君臨してきたからこそ、より強いオスに屈服したい、というタイプだった。

そんな彼女が、こうして挑発してくるのは……。

「アドワ……」

「ん？　どうしたの？　ふふっ♪　おちんぽ、そんなにヒクつかせて……んぽっ♥」

俺は彼女の顔をつかむと、その口にチンポをねじ込んだ。

「んむっ！　ん、んんっ！」

「ほら、ちゃんとしゃぶれ。そのお口でご奉仕するんだ」

「じゅぶっ、ん、じゅぼっ、んむぅっ……♥」

アドワは突然つっこまれた肉棒に驚きながらも、しっかりとしゃぶってくる。

俺はそんな彼女の頭を押さえたまま、腰を突き出していった。

「んむっ♥　ん、んんっ、じゅぼっ、じゅぶっ、じゅるるっ……♥」

強引に咥えさせられたにも関わらず、すっかりとろけた表情になって、チンポをしゃぶっていた。

やはりマゾの彼女は、挑発して、こうやって無理矢理目にされたがっていたようだ。

「じゅぶぶっ、ん、んむぅっ！　ん、んぁっ……♥　ヴァール、そんな急に、んぶっ♥　ん、あぁっ♥　じゅぼぼぼっ！」

一見、抗議するようなことを言ってこちらをにらむ。だがその目には、ハートが浮かんでいるかのようだ。わかりやすいほどの発情顔だった。

「生意気に挑発してきたのに、こうしてチンポをつっこまれて、気持ちよさそうな顔になってるぞ？　ほら！」

「んむぅっ！　ん、んんっ……♥　じゅぶっ、そんな、あっ♥　じゅぽっ、じゅぶっ……無理矢理、あっ♥」

言葉と表情の合っていない彼女は、ねじ込まれているチンポを嬉しそうにしゃぶっていく。

「じゅぶぶっ……！　じゅぼっ、じゅるっ、ちゅぅっ♥」

俺はそんな彼女に対して、腰を前後させ、その口内を犯していった。

「んむぅっ♥　じゅぶっ、じゅるるぅっ……ちゅぽっ♥」

無理矢理咥えさせられているというのに、アドワは興奮し、嬉しそうだ。

そんなマゾっぷりに、俺もゾクゾクとしてしまう。

「ほら、もっといくぞ！」

「んんっ!? ん、んむぅっ！ じゅぽっ、じゅぶっ、じゅぶぶっ……♥」

腰を突き出し、上顎から喉のほうまで擦りあげていった。

口いっぱいにチンポを頬張り、アドワの顔がだらしなく緩んでいく。

もはや元魔王の威厳などなく、ただのドスケベマゾ美女だった。

「んむぅっ♥ ん、じゅぶぶぶっ、じゅるっ、じゅぽっ♥ あっ♥ ヴァール、ん、んむっ♥ そんなに、あっ♥ おちんぽで、あたしのお口、んむぅっ！」

言葉を遮るようにチンポを動かしていくと、吸いつきながら嬉しそうにするアドワ。

俺はそんな彼女の口内を犯し、楽しんでいく。

「んむっ、じゅぶっ……♥ じゅぼじゅぼっ♥ あふっ♥ ん、じゅぼぼっ♥」

俺が腰を引いたタイミングでも、自ら積極的にしゃぶりついてくる始末だ。

普通の女の子なら苦しいくらいだろうに、魔族で元々耐久力がある上、マゾのアドワにとってはそれでも気持ちいいらしい。

「じゅぶっ、じゅぼじゅぼっ♥ ちゅっ、じゅぶじゅぶっ、んんっ♥ じゅぶっ、んぁ♥ じゅるるるるっ♥」

「うっ……！」

そのままバキュームを行い、肉棒を味わい尽くしてくる。

そんな彼女のマゾフェラに、精液がこみ上げてくるのを感じた。

「そろそろ、出すぞ……」

「んむっ！　じゅぷっ、じゅるるるっ！　じゅぼじゅぼっ♥　じゅぶぶっ、ちゅるっ、じゅぼぼぼっ、じゅぶぅっ♥」

「おぉ……！」

彼女はますます嬉しそうにしゃぶりつき、チンポを刺激してくる。

そのバキュームフェラに耐えきれず、俺は彼女の顔を引き寄せながら腰を突き出す。

「んむぅっ♥　ん、じゅぶぶっ！　じゅぼじゅぼっ、じゅぶぶぶぶっ♥」

そしてその口内で、思い切り射精した。

「んんっ!?　ん、んむっ、じゅるるるるるっ！」

「う、ああっ……！」

射精中の肉棒を、容赦なくバキュームしてくるアドワ。

ドスケベな吸いつきっぷりに、俺の精液が搾り取られていく。

「んんっ♥　ん、んくっ、じゅるっ♥」

彼女は口いっぱいに肉棒を頬張りながら、喉を鳴らして精液を飲み込んでいった。

「んく、ん、じゅぼっ、じゅるるっ♥」

射精直後の肉竿を好きなように吸われ、俺はその気持ちよさに、彼女を押さえる手から力を抜いてしまう。

しかしアドワはチンポを放さず、しゃぶりついてくるのだった。

「んむ、ん、ごっくん♪　ちゅぽんっ！　あふぅっ……♥」

そして精液をしっかりと飲みきると、ようやく肉棒を口元から離した。

「まったく……」

俺はそんな彼女の頭をなでる。

「ヴァールって、あう……♥　あたしの口に、強引にぶっといおちんぽをつっこんで、そのまま腰を振るなんて♥」

とても無理矢理されたとは思えない表情だ。

「そんなにされたら、あぁ、すっごく感じてしまうじゃないか……♥」

「……だろうな」

俺はとろけた顔のアドワにうなずいた。

「こ、こんなことされたら、あふっ……♥　おまんこも疼いて、我慢できない……♥　ん、ねぇ、ヴァール……」

彼女はおねだりするように俺を見上げる。

その顔は反則的にかわいらしく、目を奪われる。

「このまま、ん、あたしのこと……」

「ああ」

おねだりしながら立ち上がった彼女を抱き寄せて、壁へと背を預ける。

そして彼女の服をはだけさせた。

「あっ♥　ん、はぁっ……」

「すごいな……こんなに濡らして……」

「だ、だって、ヴァールがあんなに激しく、んっ♥」

「これじゃあ、帰るのも大変そうだ」

彼女のおまんこはもうしとどに濡れ、下着もぐっしょりだった。

無理矢理に口にチンポをつっこまれてこんなに濡らすなんて。

そんなドスケベ魔王に、俺の欲望もますます湧き上がっていく。

俺はあらわになったおまんこを軽くいじると、彼女を抱きかかえるようにする。

「んっ……♥」

そして抱きついてくる彼女。

位置を調整して、その熱いおまんこに、肉棒を挿入していった。

「あっ♥　ん、はぁっ……♥　おちんぽ、入ってきてる……♥」

「う、あぁ……」

蠢動する膣襞が、喜ぶように肉棒に絡みついてくる。

「ん、あぁっ♥」

彼女はそのまま、ぎゅっと俺に抱きついてきた。

櫓立《やぐらだ》ちの格好でつながり、俺は彼女を軽く持ち上げて動かしはじめる。

「んはぁっ♥　あっ、ん、ふぅっ……♥」

女性とはいえ、人ひとり抱えながら快楽にふけるというのは、かなり力がないと難しいものだが、そのあたりは魔法による身体強化があるから、問題なかった。

「あぁっ♥　ん、ヴァール、んんっ……」

しっかりと抱きついている彼女の身体を揺らし、その膣内を刺激していく。

「あふっ、んん、はぁっ、あぁっ！」

路地裏での交わりは、スリルもあっていつもとは違うものだった。

「ああっ♥　ん、はぁっ……♥　あたし、ん、こんなところで、あうぅっ……♥」

アドワは羞恥もあってか顔を赤くしている。

「ああ、あまり大きな声を出すと、表通りまで聞こえてしまうかもな」

「そんなの、んぁっ♥」

恥ずかしいのは確かなようだが、そこはマゾっ気のあるアドワ。

「んはぁっ！　あっ、ん、くぅっ！」

誰かに知られてしまうかも、と言うと、むしろおまんこはきゅっと締まってくるのだった。

俺はそんな彼女の膣内をかき回していく。

「あふっ♥　ん、はぁっ、ああっ！　声、出ちゃう、んぁ、ああっ！」

「う、まったく……アドワはドスケベだな」

「だって♥　んぁ、ああっ、あああっ！」

俺は乱れる彼女を抱きしめながら、腰を動かしていった。

「あふっ、ん、ああっ！　ヴァール、んあっ♥　ん、はぁっ……♥　そんなに、んぁ、突かれたら、あたし、ん、ふぅっ！」

嬌声をあげて、さらにぎゅっとしがみついてくる。

それに合わせてうねり、肉棒を締めつける膣襞《ちつひだ》。

その気持ちよさに突き動かされるように、俺は腰のペースを上げていく。

「ああっ♥　んはぁ、あっ、ん、ふぅっ！　あたし、んぁ、イクッ！　もう、んぁ、イっちゃう♥　あっあっ♥」

早くも極まったのか、自ら身体を揺さぶる。

俺はそんな彼女を支えながら、ラストスパートをかけていった。

「んはぁっ♥　あっあっ♥　ん、くぅっ！　あっ、もう、んぁ、ああっ！　お外で、あっ♥　ヴァール、んぁ、ああっ、んくぅっ！」

「ぐっ……！」

うねる膣襞の快楽に、俺も限界が近いのを感じる。

「ああっ♥　ん、はぁっ、あふっ、ん、イクッ！　あっあっ♥　ん、はぁっ、イクイクッ、ああ、イックウウゥウゥッ！」

アドワが絶頂し、ぎゅっとしがみついてくる。

同時に膣襞もぎゅっと抱きつき、肉棒を締めあげた。

アドワの身体をぐっと引き寄せて、そのまま気持ちよく中出しをする。

「んはぁぁぁぁっ♥　あっ、ああっ……！　熱いの、んぁ、あたしの中に、びゅくびゅくっ、でてるぅっ……♥」

膣内射精を受けて、おまんこは喜ぶように震えた。

俺にしがみつきながら、なまめかしい吐息を漏らすアドワ。

「んはぁ……あぁ……♥」

俺はそのおまんこへと精液を出し尽くすと、彼女を支えながら肉竿を引き抜いた。

「ん、あぁ……♥」

快楽の余韻に浸るアドワを抱きしめながら、しばらくそのままじっとしている。

満ち足りた時間を堪能し、落ち着いたところで、こっそりと帰るのだった。

●

聖女であるセラピアの影響力は大きい。

王国のことで問題が起これば、穏便に事を進めるために彼女が顔を出す場面も多々あった。

どうしようもないときは俺が出て行って魔法を使うことになるのだが、なるべくならそういった手段に頼らず、納得してもらうほうがいいしな。

と、そんな訳で数日間出かけていたセラピアが、やっと戻ってきたのだった。

夜になるとすぐに、我慢できなかったのか、彼女は俺の部屋を訪れる。

「ヴァールさん……」

彼女は俺に抱きついて、いきなり甘えてくる。

爆乳がむにゅりと俺の身体に当たった。

「離れていた分、今日はいっぱい、いちゃいちゃしに来ました♪」

そんな風に微笑みを浮かべる彼女は、とてもかわいらしい。

普段から優しく穏やかなイメージの聖女であるセラピア。

だが、俺といるときはこうして、少し子供っぽい笑顔を見せたり、あるいはエロエロな女の姿を見せて楽しませてくれるのだった。

「ん、ちゅっ……♥」

抱きついてキスをしてくる彼女。俺も抱き返し、キスを合わせていく。

「ん、うっ……ちゅっ、んっ♥」

彼女はそのまま、舌を伸してきた。

「れろっ……ちゅぱっ……ちゅっ♥」

絡め合うと舌先が俺の舌をくすぐるので、こちらも彼女の舌を愛撫していった。

「ん、れろっ……んむっ、ふぅっ……」

そのまま舌を絡め合って、気持ちを高め合っていく。

「んむっ、ん、はぁ……ヴァールさん」

彼女はうっとりと俺を見上げる。

その表情は色っぽく、俺を興奮させた。

そうなれば彼女の大きなおっぱいも、むにゅむにゅと俺の身体を刺激してくる。

お互いに抑えられそうもなく、俺たちはベッドへと向かった。

「ん、あぁ……♥」

彼女が服をはだけさせると、その爆乳がぽよんっと揺れながら現れる。

俺の目は思わずそこに釘付けになった。

「ヴァールさんのズボン、もう膨らんでますね……♥」

そう言って、彼女が手早く俺のズボンを脱がし、肉竿を露出させた。

そこはもう血が集まり、そそり勃っている。

「あぁ……♥　逞しいおちんぽ♥　ちゅっ♥」

「うぉ……」

彼女は、亀頭に軽くキスをしてくる。

粘膜への気持ちよさを感じていると、彼女はその爆乳をアピールするように持ち上げた。

「ヴァールさんのおちんちん、私のおっぱいでいっぱいかわいがってあげますね♪　さっきも見ていましたし」

「ああ……頼む」

持ち上げられたおっぱいは柔らかそうに形を変え、彼女の手からあふれている。

セラピアはそのまま、爆乳で肉竿を挟み込んできた。

「んっ♥　おちんちん、すごく熱いです……それに硬くて、んっ」

そのまま、両側から力を込めておっぱいが肉棒を圧迫してきた。その気持ちよさに声が漏れる。

むにゅーっと大きなおっぱいが肉棒を圧迫してくる。

「おお……すごいぞ」

「ん、しょっ……こうして、おっぱいをむにゅむにゅっと……」

彼女の爆乳が肉棒を包み、全面から快感を送り込んでくる。

「あんっ♥　硬いおちんぽが、んっ♥　おっぱいを押し返してきてます」

乳圧の心地よさに包み込まれていく。

「ん、しょっ……ふぅ、ん、はぁっ……♥」

彼女はそのまま、爆乳で肉棒を愛撫していく。

柔らかなおっぱいに包み込まれ、むにゅむにゅと刺激され、とても気持ちがいい。

「ん、しょっ、こうやってむぎゅぎゅっとするのも気持ちよさそうですが……んっ♥　やっぱり、おちんぽはしごいたほうが気持ちいいですよね♪」

そう言いながら、両側から胸を圧迫させつつ乳房を持ち上げる。

「うぉ……」

むにゅーっとおっぱいが、肉棒を締めあげながら擦り上げた。その快感につられて腰が上がる。

「ふぅっ……もっと動きやすいように……」

そして彼女は胸を開くと、露出した肉竿へと目を落とす。

「んぁ……」

口を開くと、唾液を注いでいくのだった。

つーっと糸を引いたよだれが、肉竿を濡らしていく。

「あふっ……これで、動きやすくなりますね♪」

そう言ってから再び肉棒を、その爆乳で包み込んだ。柔らかさとともに、今度は水音が響く。

「ん、しょっ……ふぅっ♥」

そしてセラピアは、自らの胸を上下させていく。

「えいっ♪」

ボリューム感たっぷりのおっぱいが、肉棒を擦り上げていく。

柔らかな乳圧の気持ちよさに、夢見心地で身を任せていった。

「ん、ふぅっ……あぁっ……♥　こうやって、ん、逞しいおちんぽ、挟んでいると……あっ♥　私も、すごくえっちな気分になってしまいます……♥」

うっとりとそう言うセラピアの表情は、とても魅力的だ。

どうやら聖女様は、欲望に素直になるほどに、魅力を増すらしい。

爆乳パイズリももちろん、エロすぎる光景だった。

「ん、ふぅっ、あぁ……ヴァールさん……」

パイズリをしながらこちらを見るセラピアが、不意に身体を起こした。

「もう、挿れたいです……♥」

そう言って、俺の上に股がってくるのだった。

俺はそんな彼女に身を任せる。

「ん、しょ……」

彼女は、もう濡れているおまんこをくぱぁと開いてみせる。

愛液でテラテラと光る、ピンク色の内側が肉棒を求めてひくついていた。

その卑猥な光景に、肉竿も反応してしまう。

「あふっ……大きなおちんぽ……♥」

彼女は俺の肉竿をつかむと、そのまま自らの膣口へと導いていく。

優しく清楚な聖女として通っているセラピアだが、今の彼女は妖艶なメスの顔をしていた。

「あふっ♥　ん、あぁ……♥」

そしてそのまま腰を下ろし、蜜壺に肉竿を咥えこんでいく。

「あふっ、ん、はぁ……♥　硬いの、私の中に、ああっ♥」

そのまま騎乗位で繋がる。俺はそんな、大胆なセラピアを見上げてみた。

「ん、あぁ……♥」

彼女のおおきなおっぱいは、見上げるとより大迫力だ。

先程まで俺は、このたわわな双丘に包み込まれていたのだ。

「ん、ふぅっ、あぁ……♥」

そのおっぱいに見とれているうちに、セラピアが腰を振り始める。

「んっ、あっ♥　ふぅっ、んぁ、ああっ……♥」

ゆるやかに腰を振り、彼女の身体が上下する。それに合わせて、爆乳が弾んでいった。

「んっ♥　ふぅ、あっ♥　んぁっ……！」

セラピアが喘ぎながら、ピストンを行っていく。

それに合わせて揺れるおっぱいを、飽きずにずっと眺めていた。

「あぁっ♥　すごい、ん、はぁっ……私の中、あっ♥　ヴァールさんの、おちんぽがっ♥　ん、はぁっ、あああっ！」

彼女は気持ちよさそうな声を出しながら、自らピストンしていく。

「んはぁっ、あっ、ん、あぁっ！」

我慢できない、と言っていたように、すっかりと昂ぶっており、俺の上で淫らに腰を振っていくのだった。

「ん、ああっ♥　あっあっ♥　んくぅっ！」

エロく乱れるセラピアの姿はやはり、こちらの興奮も煽ってくる。

「んはぁっ♥　あっ、おちんぽ、気持ちよくて、ん、はぁっ♥　ああっ！」

「セラピア……」

「んはぁっ♥」

俺は腰を突き上げて、彼女の奥を突いていく。

「ヴァールさん、それ、あっ♥　奥、だめぇっ……♥」

ダメと言いながらも、彼女はむしろ貪欲に腰を振り続けた。

「あっあっ♥　ん、はぁっ！　あぅ、ん、ふぅっ！」

大胆に腰を振り、快感をむさぼっていくセラピア。

蠕動する膣襞《ちつひだ》も肉棒を咥えこみ、絞り上げてくる。

「あっあっ♥　ん、もう、イクッ！　イっちゃいますっ……♥　ん、はぁっ、あっ、んくぅっ！」

「う、セラピア、そんなに締めつけられると……」

たんたんたんと、上下する大きなお尻で股間をノックされ、俺のほうも射精欲が増し、限界が近づいてくる。

「んはぁっ♥　あ、おちんぽ♥　おまんこの中で、膨らんで、んぁっ♥　ああっ……そのまま、んあ、あぁっ！」

「うっ……！」

彼女はラストスパートで、激しく腰を振りぬいていく。

蠕動する膣襞が肉棒を絞り上げ、いよいよ精液を求めてきた。

「あっあっあっ♥　ん、はぁ、ああっ！　イクッ！　ん、はぁっ！」

そのメスのおねだりに精液がこみ上げてくるのを感じながら、俺も腰を突き上げた。

「んはぁっ♥　あっ、奥、おちんぽが突き上げて、ん、ああっ♥　イク！　あっあっ、もう、ん、はあっ！」

きれいな髪と爆乳を揺らしながら、快楽を求めて乱れていく。

「あぁっ！　ん、はぁっ、ヴァールさん、ん、はぁっ♥　あっ、イクッ、イクイクッ！　ん、んくぅぅぅぅっ！」

　そして全身を跳ねさせながら、彼女が絶頂を迎えた。

　膣道がぎゅっと締まり、肉棒を締めつける。俺は昂ぶりのまま腰を突き上げた。

「んぁ、ああっ……♥　あっ、ん、ああっ♥　イってるおまんこ、あっあっ♥　もっと、もっと突き上げてくださいっ♥」

　淫らなおねだりを口にして、乱れていくセラピア。

　そして俺は、その絶頂締めつけに促されるままに解放し、彼女の中に射精した。

「んはぁぁぁっ♥　あっ、ああっ……♥　熱いの、ん、どぴゅどぴゅ注がれてます……♥」

　中出し精液を存分に受け止めて、うっとりと呟いている。

　しばらくの間、膣襞は肉棒を締めあげ続けて、精液を余さず搾り取っていた。

「ん、あふっ……♥」

　俺はそんな彼女を、幸福感とともに見上げているのだった。

●

　俺がセラピアたちとのハーレム生活を送っているうちにも、着々と二カ国間の話は進んでいく。

　魔王として、あるいは聖女お墨付きの賢者として俺自身も双方に顔を出すことはあるが、そのたびに調整が先へ進んでいるのがわかるのだった。

象徴程度ではあっても、やはり俺がいることが重要なのか、顔を出すことで話が進みやすくなる部分もあるようで、そういうことならと、苦手な会食などもこなしていく。

表面だけまとまっても裏に遺恨を残すのは、いろいろと大変になるしな……。

賢者——というか元々は魔法研究にいそしんでいた日陰の身としては思うところはある。

それでも、話を聞くだけでは不満そうな相手でも、しっかりと聞いてみると違う。考えていたよりも素直にわかり合える、そんなことも分かってきた。

そういう意味でも、俺があちこちに顔を出すのは重要なことのようだった。

ともあれ、そうして顔合わせを各所でしていくとやがて、二国間の話は無事にまとまったのだった。これでもう、基本的には俺の静かな生活が脅かされることはまずない。

あとは……そう。帝国の動き次第だ。

「まあ、とはいえ……」

今は大陸の外にも進出し、力をつけている帝国のことだ。そちらに完全に目標をシフトし、こっちのことはスルーしてくれる……とは、行かないのだろうなぁ。

「そうなったら、対応するだけか」

今のうちからできる準備もあるし、そちらは進めておくつもりだが、帝国が引いてくれるならあまり刺激せず、このままのほうがいいかもしれないけれど……。

美女ふたりとのハーレム生活の中で、そんな風に思っているのだった。

第四章　女帝との対決

イラージュ王国とコンタヒオ連合がまとまったことで、俺たち以外で、大陸に残る賢者の石を持つ国は、フォルトゥナ帝国のみとなった。

少し前までは、長らく三つ巴だった三カ国。

最近は帝国がやや優位になりつつあったが……二カ国のつながりで、それもひっくり返った。

帝国が大陸外での成果を上げているといっても、それだけですぐに、ライバルだった大国、それも二カ国分の力を得たというわけではない。

パワーバランス的に、帝国は一気に押し返される形になったわけだ。

そんな状況を、勢いのある帝国が放置するはずもなく……。

とうとう外交使節が訪れ、俺は帝国に「歓迎」というかたちで招かれることになったのだった。

もちろん、帝国は警戒しないといけない相手だ。

すでに二カ国の代表でもある俺のほうを呼びつけるのは、さすがと言うほかない。てっきりなにかしらの交渉だと思っていたのに、それを言いだした使者の言葉に驚いたほどだ。

……実のところ、戦力的にはもはや、ほぼ趨勢が決まっている。だからこその歓迎なのだろうか？

本当に友好使節ならそれでいい。しかし、それでも何かしら、逆転の一手があるのかもしれない……と警戒はしておくことにする。だが、行くのは俺ひとりだ。

連合に向かったときとは違い、帝国への道のりはかなり大規模な移動になる。

聖女であるセラピアはもちろん、元魔王のアドワも、王国で待っていてもらうことにした。

理由はいくつかあるが、大きなのはふたつ。帝国にとってはアドワがいては戦力として過剰すぎるのと、こちら側になにかあったときのための万一の保険だ。

帝国からの招待も、俺ひとりを名指している。

さすがの帝国といえど、現魔王と元魔王のふたりを招き入れるのは、躊躇するのだろう。

魔王といえば、まさに一騎当千の存在だ。

比喩ではなく、アドワだって戦場で本気を出せば、むしろ千人で足りれば儲けものというくらいの実力者だ。さすがにひとりで帝国すべてを相手取るのは不可能だが、囲めばすぐに討ち取れる、という相手ではない。

そのアドワに俺が勝ったこと自体は、帝国だって諜報で知っているはずだが……。

なにか対策でもあるのだろうか。それとも、魔族ならともかく、魔法使い相手の特別な手段が？

欠片を持つことは間違いない。これまでと違って、使いこなせる者がいるのかも？

それに、状況的に追い詰められた帝国が、思い切った行動に出ないとは言い切れない。

まあ、実際にこちらが侵略の意思を示したわけでもないので、さすがにそれはないと思うが。

ともあれ、俺の留守を狙って帝国が仕掛けてくるにせよ、王都にアドワが残っていれば安心だ。

短期決戦でも成功しない限りは、むしろ帝国は大きなダメージを受けた上で、連合と王国、両面からの報復を受けることになる。そんな賭けには、余計に出られないだろう。

そういう保険の意味でも、アドワには残ってもらうことにしたのだった。

心配げなセラピアに対し、アドワのほうは俺の力を信頼しているため、めったなことにはならないと確信してくれているようだったが。

「最近はふたりと過ごしていたからな……」

俺は帝国への移動中、ひとりになるとすぐに、少し静かな感じがした。

今回は武装した護衛隊も一緒に行動しているので、そういう意味では十分に賑やかなのだが、そばであれこれと話しかけてくれる人というのは、いないからな。

ふたりといちゃいちゃ過ごしていただけに、その落差を感じてしまうのだった。

そんなことを考えつつも、俺は帝国へと進んでいく。

国境を越え、帝国の領内に入ると、やはり空気が引き締まるのを感じた。

ここに来るまでにも、いくつもの監視砦や関所があった。

三つ巴が長く続く中でも、王国と帝国はやはり、互いを意識することが多かったようだしな。

人間同士ということも、あるのだろう。

魔族の集まりである連合は、比較的静観に近いスタンスだった。

ここ数十年の魔族は魔族同士の力比べに熱中し、自分から仕掛けてくること多くない。

しかし王国と帝国は、大規模戦闘こそなくても、互いの隙を常に窺っていた節がある。

そんな中で、権力の停滞により次第に衰えていく王国と、皇帝が変わることで力を増していった帝国。

その大きな差があるからこそ、王国の騎士たちは焦り、欠片探しに傾いていたようだった。

さすがに、この使節団が争いに発展したり、帝国の罠にかけられることはないとは思うが……。

いざそうなったときのことを、考えてはおこう。

魔法の力を高め、今や魔王級にまでなってしまった俺にはそこまでの危機感はないが、護衛の騎士たちにとっては敵地であることに変わりない。

彼らの緊張した空気に、俺も少し当てられてしまうのだった。

●

大広間ではなくやや小ぶりではあるが、充分に豪奢な飾りつけがなされた謁見の間だった。

それは帝国の威光を知らしめる、アピールの意味もあるのだろう。

そんなきらびやかな部屋の奥で、女帝ペリスフィアは優雅に腰掛けていた。

つややかな銀色の髪が、きれいに流れている。

目鼻立ちのはっきりとした、派手なタイプの美人だ。

こちらを見る瞳は意志が強そうで、その強気さは女帝という肩書きにふさわしい。

同じ、人の上に立つ支配者でも、アドワとはかなりタイプが違う。

彼女が明るくまっすぐで、それでいて強大な力によって慕われる親分なら、ペリスフィアは実績と権力で統治する正統派の支配者だ。

一見すると、権力を持った派手なお嬢様。

周囲の視線を奪うほどの美人だし、スタイルも抜群だ。

全体的には細身でありながら、その爆乳は存在感を存分に主張している。

その美貌で貴族たちを引きつける、高飛車な女性という印象でもあった。

そんなペリスフィアだが、彼女は衰え始めた帝国を立て直すために大規模な遠征を行い、見事に成功させた女帝なのである。根っからの武闘派なのだ。

その派手な見た目通りの、容姿がすべて、というような女性では決してない。

……といっても、俺にとってやはり目を引くのは、その美しさだ。

心に余裕があるからかもしれないが、女帝としての怖さ、その残酷な手腕への警戒以上に、高飛車なお嬢様感がエロくてそそる。

「そんなにじろじろと見て……高貴な人間を目にするのは初めてなのかしら？」

視線は動かない。俺の態度にまったく動じることなく、そう口にするペリスフィア。

俺が聖女や魔王を従えていることを知った上での発言だ。

それは暗に、王国や連合の連中など、帝国に比べれば格下であると言っているのだろう。

俺自身は貴族の出でも何でもないし、帝国流の高貴かどうかなど気にもとめないのだが、王国の貴族が聞いたら怒りそうだな。

「いや、美人だから見ていただけだな」

怒りは感じないものの、取り繕う必要もないので、俺はあっけらかんと応える。

おそらくだが、誰からも傅《かしず》かれることに慣れているペリスフィアは、ここで下手に出たらそのまま優位に立とうとしてくるだろう。

「あら、それはそれで素直ですのね」

しかしその程度では彼女も動じず、余裕の笑みを浮かべてみせる。

「それで、女帝様はどんなおねだりをしたくて、俺を呼んだんだ？」

扉の外には帝国や王国の兵が控えているものの、この部屋にはふたりきり。

計算高いと噂のペリスフィアがなにを考えているのかは、まだわからない。だが、この交渉の場に高官たちを交えなかったことから、実は妥協の姿勢を見せるのでは、ということも考えていた。

表だって帝王が頭を下げるというのは、あまり体面的によろしくない。

しかし実際のところ、すでに力関係が明白なのは、彼女もわかっているだろう。

だから内密には頭を下げて交渉を行い、国内的には対等、あるいは暗に帝国側が優位だったという空気を作り上げるつもりなのかと思ったのだ。

それが最もわかりやすく、無難な落とし所ではあるだろう。こちらはそれでもいい。

多少の不利な条件も、帝国の度量を見せたとかなんとか言っておけば体裁は保てる。

あくまで主導権はこちらにあるはずだということで、俺は比較的余裕のある気分でこの会談に臨んでいたのだが……。

「おねだり？　ふふっ」

彼女は軽く笑った。

この期に及んでも、尊大な態度は崩さないらしい。

「わたくしはただ、あなたの素晴らしい成果に対してチャンスと栄誉を与えて差し上げよう、と。そう思っただけですわよ？」

そう言って優雅に微笑む姿は、なるほど、堂に入っている。

生まれながらに人の上に立ち、その地位をしっかりと維持してきた女帝の笑みだ。

「落ちぶれかけていた王国と連合……それをまとめて立て直したあなたの功績を称え、帝国貴族の地位を差し上げよう、と思いましたの」

「ほう……」

貴族になる。つまりは、彼女の臣下になるということだ。どうやらペリスフィアは俺を抱え込んで、ついでに王国と連合をも帝国の傘下にしよう、ということらしい。

無茶苦茶にも思えるが、さて。

「斜陽の王国でふんぞりかえるよりも、帝国の貴族になったほうが誉《ほま》れでしょう？」

「ふむ……」

これは駆け引きではなさそうだ。どうやらペリスフィアは、半ば本気でそう考えているようだった。しかし、王国のことを落ちぶれる国だと言ったのは、俺が入ってからの王国をちゃんと見ていないからなのだろう。

確かにこれまでの王国は徐々に弱り、発展も止まっていた。政治的にも打つ手がなくなっていたと思う。だからこそ逆転の一手として、あてもないまま賢者の石の欠片を求めていたのだ。

しかし結果としては、それが原因で俺が王国に入り込み、聖女を落としてエロエロにしつつも、しっかりと王国を立て直した始めたわけだ。

聖女のプッシュで俺が上に立ったことで、石の欠片を具体的に使うことさえ出来るようになった。

それによって、古代魔法と合わせて国力はどんどん増している。

農産物などの生産性も上がり、今の王国はかつての勢いを取り戻しつつあるのだ。

だがそれが帝国にも正確に伝わり、一時的なことでないとわかるのは、もう少し先のことだろう。

目立つ俺やアドワの存在はすぐに察知できても、古代魔法の詳細まではわかるものではない。

この様子だと連合との同盟についても、魔王が代替わりしたから、程度の認識なのだろうな。まさか、王国と同盟がここまで密接になっているとは考えもしないのかもしれない。

まあ、それは仕方のないことかもしれないな。

大陸の外へと目を向けていた帝国としては、王国と連合の同盟に対する情報収集と判断が遅れるのも当然といえた。

なにせ長年の間、何もなかったのだ。国境に砦は多くとも、実戦はほぼ発生していない。油断はせずとも、守りさえ固めていれば諜報活動は緩むというものだろう。

にらみ合いも長く続けば、だんだんと慣れておざなりになっていく。

そんな中で新たな開拓地を見つければ、そちらに集中するのも妥当なことだ。

まあ、だからこそ急展開についていけていないのだろうがな。

そしてひとまずは自分の威厳を示すため、王国など恐れていないと見せつけるために俺を呼んでみた、ということなのだろうか……。

「海の向こうに領土を増やしたとはいえ……王国と連合が同盟を組めば、むしろ帝国こそ追い詰められている側だと思うのだがな……」

俺が言うと、彼女はそれを鼻で笑った。

「形だけの同盟を組んだところで、どうなるものでもないのではなくて？　戦力は国土だけで決まるものではない。帝国兵とは、質が違うのだと気づかないのかしら」

ペリスフィアは余裕の表情だ。

あくまで王国や連合を見下しており、帝国が上、というのは崩さない。

「ですが、あなた個人の手腕は認めておりますわ。だからこそ帝国に、貴族として迎えようと思ったのです」

「なるほどな……」

ペリスフィアの認識も少し前までなら、さほど間違っていなかっただろう。

聖女への信仰でまとまる王国と、気まぐれな魔族が集う連合だ。軍事的な連携がきちんと機能する同盟になるとは、なかなかに信じがたいことだろう。

魔王を最強の長として信奉する一方、あくまで各々の強さや種族ごとの行動に重きを置いている連合は、魔族同士であってさえ、全軍一丸となるような戦略を取ってこなかった。

魔王がしっかりと旗を振れば違うのだろうが、歴代の魔王も戦略的勝利には興味を持たなかったらしい。

そんな連合が、王国軍とまともに手を組むというのは考えづらいだろうな。

ペリスフィアは大方、俺がごく少数の上層部だけを屈服させ、形だけ整えて帝国にはったりをかけている……とでも捉《とら》えたのだろう。

だからこそ彼女は自分たちの優位を疑わず、しかし一定の評価だけを与えて俺を懐柔したいのだ。

それがお前のためだとでも言いたげな態度。これはこれで、いっそ清々《すがすが》しいな。

帝国の絶対的な優位を疑わない、高飛車で傲慢な女帝。

たしかに絶世の美女であり、向かい合うだけでもかなりそそるものがある。

俺について見誤っているだけで、ただの傲慢な愚か者ではないことはよく分かる。

実際に帝国は、彼女の即位とともに急速に発展したのだ。

自信を裏付けるだけの能力も、確かにある。

だからこそ、そんな有能で高飛車な美女を落とすという事は、オスとして非常に魅力的だった。

今もつんと上向いている生意気おっぱい。

それを揉みしだきながら喘がせたいものだ。

傲慢な女帝がメスになる姿を思うだけで、滾《たぎ》るものがある。

「さ、わたくしに傅《かしず》くことを許可しますわ」

ペリスフィアは優雅にそう言うのだった。

「だが、俺の見解は違うな」

「あら？」

俺の反抗的な態度に、それでも彼女は余裕の笑みを浮かべる。

「もはや飲み込まれるのは帝国のほうだ。だが……ペリスフィアが俺に媚びてご奉仕するなら、囲った女のお願いであれば、ある程度は聞いてやってもいい」

「あなた……ふふっ、ずいぶんとふざけたことを言いますのね」

ペリスフィアは笑みを浮かべつつ、そこでやっと、これまでとは違う厳しい目を俺に向けた。

「けれど、あまり調子に乗らないほうがよくってよ。あなたを評価しているといっても、無礼を許したつもりはありませんわ」

「無礼、ね。連合の魔王でもある俺はペリスフィアに傅く立場ではないんだがな。まあ、いいか。俺の女になりたくなったら、いつでも言ってくれ」

俺はそう言いながら、魔法を発動させていく。

こういった場では、魔法に対する対策がされているのが普通だ。実際にこの部屋にも、何重もの結界が施されている。普通の魔法使いでは、発動すらできないだろう。

もちろん、賢者だなんて言われていたかつての俺でも、無理だっただろう。

しかし、今は違う。違いすぎる。

さすがに多少は使いにくい状況ではあるのだが……。

すでに四分の三となった石の欠片がある今なら、まるで使えないというわけではないのだ。

「――んっ。な……なに……これは」

俺はペリスフィアに向けて、もっとも得意な魔法をしかける。

心の中の欲望を引き出す、例の魔法だ。

セラピアのときの経験と、新たな石の追加による研鑽の結果……。

俺の魔法は、性的な欲望を狙って解放できるようになっている。もちろん遠慮なく、最初から全開で解放させることにした。

聖女ほど清廉さを求められる立場ではないものの、高貴な彼女もまた、気軽に性欲を発散できるようなものではないかっただろう。きっと欲求を溜め込んでいる。俺はそう確信していた。

若くして即位してからは、帝国の立て直しで恋愛どころでなかったというのもあるだろうし、おそらくはきっと処女だろう。

「あなた……あ……こんな」

ペリスフィアは表情をはっきりと変え始め、俺をにらみつける。

しかしその顔には、わずかに赤みが差している。

そんな反応だけでも、ゾクゾクきてしまうな。

やはり、傲慢な美女を落とすのはそそるものだ。もっと解放してやろう。

そんなことを考えながら、俺は彼女の変化を眺めた。

「はぁ……あぁ……」

ペリスフィアは艶めかしい吐息を漏らしている。

さて、女帝様は自分の状態を、どう判断するだろうか。それも楽しみだ。

なんてことを考えていると、彼女は力なく俺を睨《ね》めつける。

「この部屋の中で魔法を使うなんて、思ったよりできますのね……。賢者だという噂も、本当だったのかしら」

どうやら、異変が俺の魔法によるものだということは、すぐにわかったらしい。

「ふむ……さすがだな」

派手な魔法ではない。ただ己の欲望を解放させているだけなのに、それが俺によるものだと即座に判断できるのは、なかなかにすごい。

「安心しろ、害のあることはしていないぞ」

俺は先手を打って、涼しげにそう言っておいた。

欲望の解放は、攻撃魔法に類するものではない。

使い方にもよるが、どちらかといえば戦闘時に闘争本能を高め、攻撃力を上げるような補助魔法に近いものだ。

精神への作用を目的とする魔法は攻撃的なものとは違い、結界や探知魔法にもかかりにくい。

だからこそ使い勝手がいいのだが、まさかすぐに見抜かれるとはな。

さすがにこの部屋の結界は、最高レベルだと思う。それでも、俺の魔法は古代の術式を取り込んでいるので、そもそもこの程度では防ぎきれないだろう。

「なにが……狙いですの……？」

苦しそうに尋ねる彼女に、俺は軽く答えた。

「特に何も」

「わたくしを、ん、こんな風にして……何もですって？」

「まあ、ペリスフィアが抱きたくなるような美女だというのはあるが、王国としても連合としても、望むことは何もないな」

「くっ……」

俺の言葉に再びこちらをにらむようにするが、性的欲望を解放させられている彼女のそれには艶が含まれ、俺を興奮させるだけだった。

「先程も言ったが、お前が思うほどに帝国は優位にないぞ。というよりも俺たちが本気なら、もはやそっちが生き残るためにご機嫌を取る、という状態だ。今お前にかけたのは、古代魔法だよ」

俺の言葉に、彼女は顔をゆがめる。

こうして魔法結界が破られたこともあり、俺の力に対して、ペリスフィアも考え始めていることだろう。俺が魔法使いであることを知りつつも彼女が自信たっぷりだったのは、この部屋の、そして帝国側の魔法能力を過信していたからだ。しかしそれは、あっけなく崩れ去った。

未知の古代魔法を使う俺。それが石の欠片をすでに、三つも持っている。その意味するところは、聡明な彼女なら理解できるはずだ。

「わかりましたわ……」

何か振り切ったように言うと、まっすぐに俺を見る。

「これほどの力なのに、望みはない。こうしてただ、わたくしに魔法をかけて、卑猥なことをしようとしているだけ……そういうことなら……」

彼女はぐいっとこちらへと身を寄せた。

ふわりと女のいい匂いが香り、彼女の整った顔がすぐ近くにくる。

「わたくしの身体で、んっ、ヴァールを骨抜きにして差し上げますわ……♥」

俺は笑みを浮かべた。望む展開ではあるが、なんとも滑稽だ。しかし、すでに強い欲望に焦らされているであろうペリスフィアからすれば、この提案は精いっぱいのものなのかもしれない。

きっと、心ではすでに敗北を認めている。しかし、女帝としての威厳は捨てられないのだ。

彼女は俺を奥の部屋へと連れて行く。

そして、そちらにあったベッドへと、あくまで優雅に誘ったのだった。

高飛車なお嬢様が必死にエロさを抑えながらも、俺を求めている。

そのシチュエーションに、俺の興奮は増すばかりだ。

これは本当に、気をつけないといけないかもしれないな。

抜群のプロポーションを持つ高貴な女帝様の不器用なお誘いに、俺のモノはもう期待に張り詰めている。

力でどうこうなどよりもよほど、俺が負けてしまう可能性が高そうだ。

などとエロいことで頭をいっぱいにしながら、彼女とベッドへと向かった。

「ほら、はやくお出しなさいな……あなたのその、んっ、もうズボンを押し上げてしまっている、情けないモノを……」

彼女は赤い顔で俺の股間を見つめてくる。

その顔はすっかりと発情しており、もう隠せてもいない。

それでいて高飛車な態度はそのまま、というのがなおさら興奮させる。

「自分で脱がせてみたらどうだ？」

そう言ってやると、彼女は俺をにらむようにした。

しかし欲望にはあらがえないようで、そのままズボンへと手をかけてくる。

「わたくしに、ん、こんなことをさせるなんて……あっ♥」

そう言いながらズボンを下ろす彼女がついに、下着越しに肉竿に触れた。

「こんなに大きく……♥　ん……」

女帝様の手が、すりすりと肉竿をなでてくる。

その拙《つたな》くも興味津々といった手つきは、心地いいものだった。やはり経験はなさそうだ。

「い、いきますわよ……」

そう言って、彼女は下着に手をかけると、そのまま落としていった。

「あっ……♥　ん、これが……」

彼女はそそり立つ肉棒をうっとりと眺めた。

高貴な美女の顔へと、チンポを突きつけている状態。

それはオスとしての優越感を煽ってくるものだった。

「こんなに大きなものが……ん……♥」

彼女はまじまじと肉竿を眺めている。

「わっ、い、今、ぴくんと跳ねましたわ……♥」

そんな彼女の反応に、思わず笑みが浮かんでしまう。

「そうして眺めているだけか？」

俺が尋ねると、彼女は意を決したように肉竿へと手を伸ばした。

「もちろん、違いますわ……あなたのこの、んっ、もうこんなに張り詰めてしまっているふしだらなモノを……わたくしがメロメロにして差し上げますわ……」

女帝様のそんな言葉に、肉竿も反応してしまう。

帝国最高の美女が、俺のチンポへご奉仕するというのだ。

楽しみにきまっていた。

「ん、しょっ……あっ♥　熱くて、硬い……」

彼女の手がそっと肉棒を握ってきた。

しなやかな指の心地よさを感じる。

「ふふっ……これをいじられると、男は気持ちよくなってしまうのでしょう？　ん、そっ……こうして、擦って……」

「ああ……そうだ」

ペリスフィアの、たどたどしい手コキが始まる。

直接の刺激以上に、あの女帝様がひわいな手コキをしているというシチュエーションに、俺は興奮していくのだった。

「これが気持ちいいのでしょう？　こうして、ん、ガチガチのおちんぽを、しーこ、しーこ……私の手で擦りあげて……」

彼女はゆっくりと手を動かしていく。

「ほら、ん、早く出してしまいなさい♥　わたくしの手コキで、あっ♥　おちんぽから白旗をあげてしまいなさい」

そう言いながら手を動かしていくペリスフィア。

俺は身を任せながら、彼女を眺める。

派手な美女が興奮した顔で手コキを続け、俺を気持ちよくしようとしている。

その様子はとてもいいものだ。

「ん、しょっ……」

彼女は俺をイカせようと、必死に頑張っている。

その健気さがたまらなかった。

「あぁ……なかなか、粘りますわね……」

彼女は赤い顔で手を動かしながら、俺を見上げてくる。

「すぐにでもぴゅっぴゅしてしまうかと思いましたが、ん、ふぅっ……♥　こんなにガチガチにしている割に、ん、はぁっ……♥」

もうしばらく手コキさせておくのも悪くはないが、やはりエロい姿を見せられているとムラムラしてしまう。

それに、極上の女体を目の前にして、何もしないというのももったいない。

「そろそろ、こっちからも責めさせてもらうか」

「なにを、あっ♥」

俺は彼女の爆乳へと手を伸ばし、それをむにゅりと服越しに揉んだ。

「こ、こらっ……♥　そこは、あっ♥」

「一方的なのはフェアじゃないだろ？」

そう言いながら、その柔らかな生意気おっぱいを揉んでいく。

別にこれは勝負でもなければ、フェアである必要もないのだが、興奮状態で判断力が鈍っているだろうペリスフィアのことだ。言いくるめるのは簡単だった。

手コキという初めての体験もあり、さらに普通じゃない精神状態の彼女は、俺の勢いに押されて胸を揉むのを許可してしまう。

「あっ♥　ん、ふぅっ……好きになさいな。あ、あなたの、んっ……手なんかで、わたくしは……あっ♥　ん、はぁっ……」

もにゅもにゅと爆乳を楽しんでいく。

女帝の高貴な上向きおっぱいも、触られて喜んでいるかのように、俺の手を埋もれさせていく。

「あっ♥　ん、はぁっ……そんな愛撫では、あっ♥　わたくしにはききませんわ。あうっ……ん、はあっ……」

　そう言いながらも、明らかに感じている様子の彼女。

　そんな強がりは、俺の欲をますます焚きつけていく。

　彼女の服をずらし、女帝らしい派手な爆乳を露出させた。

「あんっ♥」

　ぽよんっと揺れながらあらわになってしまうおっぱい。

　今度は直接に、その柔らかな膨らみを揉んでいく。

「んぁ、あっ、ああっ……♥」

　彼女は色っぽい声を出し、身体を跳ねさせた。

　指に吸いつくような肌と、爆乳の柔らかさを共に味わっていく。

「あっ、ん、ふぅっ……♥」

　これだけのたわわなものを持っているのに、女帝として恐れられていた彼女がこの武器を使っていなかったのはもったいない。

　俺は爆乳を楽しみながら、彼女を眺める。

「んはぁ、あっ、ん、ふぅっ……♥　んはぁっ♥」

　ペリスフィアはもうすっかりと素直に感じており、喘ぎながら胸への愛撫を受け入れているのだった。

「どうした、ペリスフィア？」

「んぁ、ああっ、ふぅっ、ん、あぁっ……！」

「ほら、手が止まってるぞ。気持ちよすぎて、それどころじゃないか？」

意地悪に言ってやると、彼女は思い出したかのように手を動かし始める。

「そ、そんな訳ありませんわ、ん、ああっ♥　最初はわたくしがしていたから、少し待つのがフェアだというだけです……ほら、ん、はぁっ♥」

彼女は手を動かしながら、俺の肉棒を見つめる。

「あふっ、ん、はぁっ……ヴァールも、つらいのではなくて？　おちんぽこんなに張り詰めさせて、あっ♥　ん、ふぅっ……」

「ああ、そうだな。ペリスフィアに手コキされて、大きなおっぱいを触っているのはとても気持ちいいぞ」

「あっ♥　ん、ふふっ、そうですのね……。あっ、ん、それならこのまま、あっ♥　イかせて差し上げますわっ……♥」

少し余裕を取り戻したかのようなペリスフィアは、また高飛車な態度を取りながら、手コキを続けていった。

「あっ♥　ん、ふぅっ……こうして、しこしこっ♥　あっ、ガチガチおちんぽ、ん、はぁっ♥　んしょっ、えいっ♪」

年相応の、かわいらしいところも見え始める。女帝がどんどん、ただの女の子になっていく。

俺はそんな彼女の乳首をきゅっとつまんだ。

「んはぁっ♥　あっ、そこ、ん、はぁっ……♥」

「お、乳首が弱いのか？　ほら」

そう言って、くりくりといじっていく。

「あっ、ん、そんなわけ、んはぁっ♥　あ、んぅぅっ！」

「女帝様の敏感乳首は、少しいじるだけで身体が跳ねてるぞ」

「ああっ♥　そんなこと、ん、はぁっ♥　あぁ……」

彼女は乳首をいじられて、気持ちよさそうな声を漏らしている。

その淫らな姿には、俺も我慢できそうにない。

「そろそろ、本番にいくか」

「ほ、本番……？」

「ああ。ペリスフィアのここに、チンポを入れるんだ」

「あうっ♥」

俺は彼女のアソコへと手を伸ばした。

もうすっかりと濡れて、準備のできているそのおまんこ。俺はそこを指でいじっていく。

「あっ♥　ん、わたくしの、あっ♥　アソコに、ヴァールの、このガチガチのおちんぽが……♥　ん、はぁっ……」

どうやら、もうすっかりとぶち込まれることを期待しているみたいだ。

女帝様は、すっかりとメスになっている。欲望の解放で、聞きかじった性知識も抑えられないのだろう。セックスへの期待が高まる一方のようだ。

「受け入れやすいよう、四つん這いになれ」

俺がそう言うと、ペリスフィアはうっとりとした後、はっとしたように表情をあらためて、俺に言った。

「四つん這いだなんて、ふざけてますわ……！　そんな、動物みたいな格好……あなたが仰向けになっておちんぽを立てておけば……」

「ほら、早くしろ」

「んっ♥」

俺は軽く彼女のお尻をはたくと、四つん這いになるよう促した。

「それとも、女帝様は動物みたいな格好だとすぐにイってしまう変態なのか？」

「そ、そんな訳ありませんわ……んっ♥　だったら、してみなさいっ……！」

安い挑発だったが、ペリスフィアはあっさりと乗ってきた。その強がりがまた、かわいらしい。

そうして四つん這いになったペリスフィア。

俺は丸みを帯びたお尻を眺めながら、彼女の下着をずらしていく。

「あっ……♥」

もう濡れ濡れのおまんこがあらわになり、そこから発情したメスのフェロモンが香ってきた。

俺はその女穴を軽くいじっていく。

「あっ♥　ん、ふぅっ……ゆ、指なんかじゃなく、あっ♥　早くそのおちんぽを、ん、入れなさいな……あぁっ……♥」

「待ちきれないなんて、ペリスフィアはドスケベだな」

「そんなこと、あっ♥」

俺はその膣口に、肉棒をあてがった。したたる愛液が亀頭を濡らしていく。

数度、軽く腰を動かして割れ目をなで上げながら、愛液をなじませていった。

「んはぁっ♥　あ、んんっ……」

そしてすっかりと先端が濡れた肉棒を、ぐっと押し込んでいく。

「ああっ……ん、これが、ん、くぅっ……！」

女帝の処女膜をついに突き破り、肉棒がその中へと侵入していく。

「あ、んはぁっ……！」

熱くうねる膣襞《ちつひだ》が、初めての侵入者である肉棒をキツく締めつけてくる。

「う、ああ……ほんとに中に、んっ……♥」

最初に目にしたときの印象のまま、しっかりとキツいその膣内。

俺はその膣襞をかき分けて、奥まで肉棒を押し進めていった。

「入ってきてる……ん、はぁっ……♥　ヴァールの、ん、おちんぽ……」

その熱い抱擁に、肉棒も喜んでいた。

細かな膣襞が肉竿を包み込んで絡みついてくる。

「あぁ……ん、ふぅっ……」

「そんなに焦って咥えこまなくても、ちゃんと味わわせてやるさ」

「あ、ん、あなたこそ、あっ♥　すぐにでも腰を振りたくて、うずうずしてるんじゃありませんこと？　ん、はぁっ……」

「ああ、そうだな」

俺が素直に言うと、彼女のおまんこがきゅっと反応した。

荒々しく腰を振られることを想像して、感じたのだろうか。

その期待を焦らすように、俺はまず緩やかに腰を振っていった。

「んぁ、あっ、ああっ……♥　わたくしの中を、あっ、おちんぽが、擦りあげて、ん、はぁっ……ああっ！」

「うっ……いいぞ！」

細かな襞が、肉棒をゾリゾリと擦りあげてくる。その気持ちよさに、俺も思わず声を漏らした。

「ああっ、ん、はぁっ……」

そんな彼女の中を、俺はゆっくりと往復していった。

「んはぁっ♥　あっ、ん、くぅっ……！」

緩やかな動きでも、かなり気持ちがいい。

ここまでキツいなんて、彼女の高飛車っぷりは徹底しているな。たいへんな名器だ。

自信満々に俺をイかせようとしてきていたのも、結果的にはただの強がりではなかったみたいだ。

俺としては、むしろ嬉しい話だが。

「ああっ……♥　ん、はぁ、ああっ、くぅっ、んぁっ！」

俺はその最高のおまんこにねだられるまま、腰を振っていく。

「んぅっ……ふぅっ、あぁ……！　わたくしの中で、ん、おちんぽが気持ちよさそうにひくついてますわ……！」

「ああ。ペリスフィアのおまんこがきゅうきゅう締めつけてきているから。ほら」

「ん、あぁっ……！」

俺はぐっと腰を突き出すと、女帝の処女まんこを味わっていく。

「んはぁ、あ、あぁ……そうですの。ん、ガチガチのおちんぽ、んっ♥　わたくしのアソコで、いっぱい絞って差し上げますわ」

そう言って、彼女はぐっとアソコに力を入れたようだ。肉棒をより積極的に咥えこんでくる。

「おぉ……！」

その気持ちよさに声を漏らしながら、俺はもっと大胆に腰を振っていくことにした。

「んはっ！　あっ、ああっ……♥　ヴァール、そんなに、あっ、んくぅっ！」

彼女はかわいらしい声をあげて感じていった。

敏感な反応に満足しつつ、こちらもなかなかに追い込まれていく。

「んはぁっ♥　ああっ、どうですの？　あっ♥　おちんぽ、もうイキそうなのではなくて？　あっ、ん、くぅっ！」

「そうかもな……」

「ふふっ、ん、あぁっ……あれだけ強気で、あっ♥　生意気だった殿方も、わたくしのおまんこで気持ちよくなると、素直になってしまうのですね……♥」

「うっ……」

勝ち誇ったようなペリスフィアは、俺の欲望を煽ってくる。

そんなにもかわいらしい姿を見せられると……。

「んぁっ♥　あっ、おちんぽ、ん、太くなって、勢いも、あっあっ♥　だめぇっ！」

我慢できずに、俺は欲望のままに腰を振っていった。

「んおぉっ♥　あっ、んぁ、わたくしの、あぁっ♥　はじめてのおまんこなのに、そんなに突かれたら、んぁ、あ、んくぅっ！」

はしたない声を漏らしながら、女性器の奥を突かれて感じていく。

「おぉっ♥　ん、あ、ああっ……！　中、あっ♥　ズンズン突かれて、あっ、ん、はぁっ、あ、んおぉっ♥」

快楽に飲まれる彼女のおまんこを、ひたすらにかき回す。

「あっあっ♥　だ、だめですわっ♥　あっ、わたくし、ん、はぁっ、おちんぽに、あっ♥　イかされてしまいますっ、ん、おうぅっ♥」

「ほら、どうだ……チンポをぶち込まれて、おまんこをかき回されて……四つん這いで乱れて、いい姿だぞ、ペリスフィア！」

「いぐぅっ♥　あっ♥　らめぇっ、あっあっあっ♥　わたくし、あっ、チンポに負けちゃうっ♥　ん、

おぅっ、んおぉっ！」

俺はラストスパートで、彼女を追い込んでいった。

「あっあっ♥　だめ、んおぉっ♥　イクッ！　あぁ、チンポにイカされるっ♥　ひぅっ♥　あっ、ん、はぁっ……！」

「ぐ、このままいくぞ！」

俺は激しく腰を振り、四つん這いのペリスフィアを犯していった。

高飛車女帝の処女まんこを俺の子種で征服すべく、荒々しく突いていく。

「んぐぅっ♥　お、おぅっ！　あっあっあっ♥　イクッ！　ん、はぁっ、んおぉぉっ♥　イクイクッ、イックウウゥウゥッ！」

そして身体をのけぞらせながら、彼女が絶頂する。

「う、あぁ……！」

俺もこみ上げてくるものを感じ、その絶頂おまんこを突き続けた。

「んひぃっ♥　あ、だめぇっ！　あっ、んぉっ♥　イってるおまんこ、そんなに、あ、ああっ♥　んおぉっ♥」

「出すぞ！」

きゅうきゅうと吸いついてくる膣襞を擦りあげ、その奥まで犯していく。

「あっ♥　ん、あぅっ、ああっ……♥」

ドビュッ！　ビュクッ、ビュルルルルッ！

「んおぉぉおっ♥　中、あっ♥　出てるっ♥　んぁ、あああぁぁあっ♥」

俺が射精すると、ペリスフィアは中出しでもイったらしく、さらに嬌声をあげて乱れていった。

「あっ、あぁ……♥　熱いの、わたくしの中に、あぁ……子種が、出ちゃってますわ……♥　ん、あふぅっ……♥」

最初は見下していた相手にイかされ、処女なのに中出しまでされて……それでもペリスフィアは気持ちよさそうな声を出して、脱力していった。

「あぁ……これが、ん、ふぅっ……♥」

彼女はそのまま、ベッドへと倒れ込む。

最初は生意気だった女帝も、こうなると種付けされたエロいメスでしかなかった。

そんなペリスフィアを、俺は満足げに見下ろす。

「あふ、ん、あぁ……♥」

そして心から、気持ちよさの余韻にひたっていくのだった。


魔法の効果もあって快楽堕ちしたペリスフィアだったが、まだまだ交渉は続いていく。

欲望を解放してエロエロになって、さんざん喘いではいたが、彼女も女帝。

少し冷静になれば、そう簡単に屈するわけにはいかない、という体面もある。

傾きつつあった帝国を、自力で立て直しつつあった彼女だ。

思い込みによるおごりが抜けると、今の状況に対しても冷静な判断ができるようになってくる。

つまり、俺の存在がある限りは帝国に勝ち目はない……と。

失われたかつての強力な魔法さえも扱える、賢者の石を四分の三も手に入れている者相手に、正攻法で挑むのは無謀だ。

それを分からされたことで、最初のときのようには強くは出られなくなった。

今の彼女としては、いかに対等に近づけて交渉を行うか、帝国の力を落とされないように立ち回るか、という風に考えがシフトしているのだろう。

特に帝国は、強気に出ることが多かった反面、受け身に回ることが少なかったため、その対応を新たに考えているようだった。

強気で傲慢な美女がだんだんと弱気に、素直になっていくというのはいいものだ。

彼女を抱いたのは半分くらいは趣味というか、国としては別に、もっとまともな交渉でもよかったのだが、結果的にはとてもよかった。

女帝ペリスフィア自身を一度素直にさせたことで、状況を実感として受け入れることができたらしい。これまでのこともあって、わかりやすく頭《こうべ》を垂《た》れるようなことはないものの、高慢な部分は抑えられているようだった。それならばと俺も彼女の求めに応じて、数日は滞在することを決めた。


「わ、わたくしの前でなんてことを……」

ペリスフィアは俺の寝室に来るとすぐに、驚きながらこちらを見ていた。

「ん、ヴァール様、れろっ……ちろっ……♥」

俺の前にはメイドがひざまずき、肉竿へと舌を這わせてきている。

「れろっ、ちろっ……」

彼女の舌は丁寧に肉竿を舐めていっていた。

ペリスフィアは今、メイドにご奉仕させているところを見せつけられている。

「ちろっ、れろっ……ん、はぁ……」

メイドが舌を伸し、肉竿を舐めていく。

ペリスフィアはその様子を、まじまじと見ているのだった。

本来なら、別にそうする必要などないし、部屋を去ってもいいのだが……。

快楽を覚えてしまったペリスフィアは、それを熱っぽく眺めてくるのだった。

「れろっ、ん、ふぅっ……ちろっ、れろぉ……♥」

メイドもまた、ペリスフィアに見せつけるように肉棒をねぶっている。

事前に俺の目的は伝えてあるため、彼女はわざといやらしく見えるように、肉竿をなめ回していくのだった。

「うっ……」

ペリスフィアにエロく見せるためではあるのだが、結果的にメイドのフェラは俺にとっても、とても素晴らしい光景となっている。

「ちろっ、れろぉ♥」

俺にまで見せつけるように大きく舌を伸し、裏筋を舐め上げてきた。

「ちろろっ、れろろろろっ！」

次には舌先で、亀頭を回転するように舐めてくる。

「れろっ、ん、ちろっ……♥」

そのエロすぎる舌使いには、俺も昂ぶってしまう。

「ヴァール様、れろぉっ♥　気持ちいいですか？　ちろっ……」

「ああ、いいぞ……」

俺が言うと、メイドはフェラを続けていく。

「ん、ちろっ、ぱくっ♪」

そして彼女の口が、先端を咥える。

「んむっ、れろっ、ちゅぱっ……♥」

「あぁ……そんな……」

その光景を見て、ペリスフィアが声を漏らした。

「ちゅぷっ、ん、ちろっ……」

「なあ、ペリスフィア」

「は、はいっ」

俺が声をかけると、彼女はしゃぶられているチンポから目を離し、俺のほうを見た。

「そんなに熱心に見ているってことは……ペリスフィアもしゃぶりたいのか？」

「ちゅぱっ……」

タイミングを合わせてメイドが口を離した。

俺は彼女の唾液でテラテラと光る肉棒を、ペリスフィアに見せつける。

「あっ……♥」

その勃起竿に思わず見とれ、顔を赤くしてメスの顔になるペリスフィアだったが、振り払うように首を振った。

「そ、そんなわけありませんわ。殿方のおちんぽをしゃぶりたいだなんて、そんな痴女みたいなこと……」

そう言いつつも、彼女の目はチンポに釘付けだった。

「で、ですが、ヴァールがわたくしにお口でしてほしいとお願いするのであれば、して差し上げてもいいですわよ？」

そう言って挑発的にこちらを見る。

かわいらしい抵抗だ。

もうすっかりと肉竿の虜になっているようだが、まだ素直にはなれていない。

そんな彼女を眺めるのも、とても楽しい。

いずれは自分から、おねだりしてくるようになってほしいものである。

「いや、ペリスフィアがしゃぶりたいんじゃないなら、俺はかまわないよ」

そしてメイドのほうに視線を戻す。

「続けてくれ」

「はい……あむっ、じゅぶっ、じゅるるっ！」

「うぉ……おお、いいぞ」

メイドは肉竿を咥えると、そのまま吸いついてきた。

急な気持ちよさに、思わず声が漏れてしまう。

「じゅぷっ！　じゅるっ、ちゅぱっ、ちゅぷぅっ♥」

彼女はわざと下品な音を立てて、肉竿をしゃぶっていく。

「んむっ、れろっ！　じゅぷっ……ちゅっ、じゅるるっ……♥」

「あぁ……わたくしのもの……なのに」

その様子を、ペリスフィアが眺めている。

「ん、あぁっ♥　ふぅっ、じゅるっ……れろれろっ、ちゅぱっ……」

美女に眺められながらご奉仕されるのも、違う興奮があるものだ。

「れろっ、じゅるっ……」

ペリスフィアが素直になれないながらも興味津々だというのも、いいスパイスかもしれないな。

少しS心がくすぐられる。

「れろっ、ん、ちろっ……ヴァール様……」

メイドがフェラをしながら、ペリスフィアに目を向けた。

「れろっ、じゅぶっ……じゅるるっ」

そしてまた音を立てながら、しゃぶってくる。

「ああっ……」

それを見て、ペリスフィアが悔しそうなのが面白い。

「どうした？　やっぱりしゃぶりたくなったか？」

俺が尋ねるが、彼女はまだ素直になれないようだ。

「そ、そんなことしたいなんて思いませんわ！」

「そうか」

そう言うと、メイドがさらに責めてくる。

「じゅぶぶっ、じゅるっ、れろろっ、ちゅぽっ♥」

「おぉ……いいぞ……」

彼女は大きく音を立ててペリスフィアを挑発しながらも、しっかりとチンポをしゃぶって気持ちよくしていく。

「じゅぶっ、れろれろれろっ、じゅぼぼっ！」

「う、そろそろ出そうだ……」

「あぁ……だめ！」

俺の言葉に、ペリスフィアが反応する。

だがメイドは、そんな彼女に見せつけるかのように、さらに激しく吸いついてきた。

「じゅぶぶぶっ！　じゅるっ、ちゅばっ♥　れろれろっ、じゅぼぼっ！」

思い切り肉棒を咥えこんで、しゃぶってくるメイド。

俺はその気持ちよさに身を任せていった。

「じゅぶぶっ、れろっ、じゅるっ……んっ、じゅぶっ、いきますね……じゅぶじゅぶじゅぶっ、じゅぼっ、ちゅぅっ！」

「うっ……！」

激しいフェラに、精液がこみ上げてくるのを感じる。

「じゅぶじゅぶっ！　れろっ、じゅぱっ、じゅぶっ！　じゅぼぼっ、じゅるるるるるっ！」

「出る！」

「じゅぶっ、ちゅううぅぅっ♥」

最後に強力なバキュームを受けながら、俺は口内に射精した。

「んんっ♥　ん、んん……じゅぽんっ……」

彼女は肉棒から口を離し、飛び出し始めた精液を今度は顔で受け止めていく。

口元にもどろどろの精液をため込んでおり、顔も口内も白いものに犯されている。

「んぁ……♥」

そして彼女は、口から精液の一部を垂らしていった。

その光景はとても卑猥だ。

「ん、んくっ……」

口内に残った精液を飲み込むと、メイドは立ち上がった。

「それでは、失礼いたします」

「ああ、ありがとう」

そしてそのまま、部屋を出ていく。

精液の匂いが残る部屋に、ペリスフィアとふたりきりになった。

メイドはあえて何もせずに部屋を出たので、俺はまだいきり勃つ肉竿をさらしたままだ。

「ペリスフィア」

「な、なんですの？」

彼女は肉棒を気にしつつ、俺に応える。

「わたくしにしてほしいことでも？」

どうやら、まだ彼女のほうからのおねだりは、させられないようだ。

少し残念でもあるが、その分じっくりと楽しんでいくことにしよう。

「ああ。まだ勃起が収まらなくてな。脱いでくれ」

「自分が興奮したから脱げだなんて、ずいぶんなケダモノですわね……」

そう言いながらも、彼女は自らの服に手をかけた。

あくまで命じられるから仕方なく、という空気を出しつつも、その顔はすっかりと期待に満ちている。

「ああ、やはりいいな」

たゆんっと揺れながら現れるおっぱいを見ながら言うと、彼女は恥ずかしそうに両手でそれを隠した。だが、ペリスフィアの爆乳は柔らかそうにかたちをかえ、腕の上下からあふれ出すだけだ。乳首こそ隠れてはいるものの、むしろおっぱいをアピールしているようですらある。

「ん、ふぅっ……♥」

彼女はこちらに背を向けると、続きを脱いでいった。

最後に下着を下ろすと、手で身体を隠しながらもこちらへと向き直る。

「脱いで差し上げましたわ……」

そう言って、赤い顔で俺を見る。

「先程出したばかりなのに、そんなにおちんぽをギンギンにして……」

「ああ、すぐにでもペリスフィアにぶち込みたいな」

「そ、そんなこと……んっ♥」

彼女は期待に満ちた目で俺を見る。

「ほら、ペリスフィア」

俺はそんな彼女をベッドに誘導する。

「また四つん這いになってくれ、気に入ったんだよ」

「わ、わかりましたわ……」

そう言って、彼女は言われるまま四つん這いになる。

「なんだかんだいって、もう濡れてるんだな」

「ひぅっ♥」

あらわになった割れ目をなで上げると、彼女はかわいらしく反応した。

「だ、だって……んっ、こ、これも、あなたとメイドが、卑猥な空間にわたくしをいさせたからですわ……んっ……♥」

「ああ、そうかもな」

「あぁっ♥」

おまんこを指先で割り開き、もう濡れているそこを指で軽くほぐしていく。

「メイドがチンポをしゃぶるところを見ながら、こんなに濡らしていたとは……これなら、すぐにでも挿れられそうだな」

「そ、そうですわね……ん、ヴァールも、興奮して我慢できないみたいですし、わたくしの身体を……んはぁ♥」

あえて彼女が喋っている最中に、先端で軽く割れ目を押し広げた。

先っぽだけ、という状態だ。

「あ、ん、そんなに待ちきれないなんて、あっ♥」

彼女はどこか嬉しそうに言う。

当然、こちらも先っぽだけで止まれるはずもなく、そのまま腰を押し進めた。

「んはぁっ♥」

ぬぷり、と肉棒が蜜壺に飲み込まれていく。

もう十分に濡れていたおまんこが、喜ぶように肉棒を咥えこんだ。

「あふっ、ん、わたくしの中に、あっ♥　ん、はぁ……」

蠕動する膣襞をかき分けて、腰を動かしていく。

「あふっ、ん、あぁっ♥　おちんぽ、動いて、んぅっ！」

「はやくも気持ちよさそうな声を出してるな」

俺がそう言うと、彼女は首を小さく振った。

「あっ♥　ん、だって、あぅっ、おちんぽが、ああっ♥」

一度挿入してしまうと、ずいぶん素直になれるみたいだ。

俺はそんな彼女の細い腰をつかみ、ピストンを行っていった。

「んぁっ♥　あっ、ん、中っ♥　いっぱい、かき回されて、ああっ♥」

嬌声をあげながら感じていくペリスフィア。

俺はそんな彼女を眺めながら、腰を振っていった。

「んぁっ♥　あっ、ん、ふぅっ……」

きれいな背中と、揺れる髪。他国からも恐れられていた女帝が、かわいらしく喘いでいる。

そんな姿は、俺の興奮を煽ってくるのだった。

「あぁっ♥　ん、はぁっ……ヴァール、ん、うぅっ！　おちんぽが、あっ♥　わたくしの中を、いっぱい、んぁっ！」

俺はピストンの速度を上げ、その蜜壺をかき回していく。

「あふっ、ん、はぁ、ああっ……♥」

ペリスフィアは快感のままに、もう遠慮なく喘いでいる。

「あぁっ♥　ん、はぁっ、あっ、んはぁっ♥」

蠕動する膣襞を擦り上げ、テンポを上げていく。

「んはぁっ♥　あっ、ん、ふぅっ！　そんなに、あっ、あっ、あっ、んぁっ♥」

俺がぱんぱんと腰を振るたびに、彼女は淫らに反応して喘いでいく。

「あふっ、わたくし、あっ♥　イクッ！　イかされてしまいますわ……♥　ん、ああっ、あっ、ん、あふぅっ！」

「いいぞ。素直に感じて、イってくれ！」

「んはぁぁぁっ♥」

俺はラストスパートでさらに腰を振っていった。

「んはぁっ♥　あっあっ♥　ん、ふぅっ、だめぇっ！　あっ、イクッ！　ん、あっ♥　イクイクッ！　んくうぅぅぅぅっ！」

「うっ……！」

彼女が絶頂を迎えたことで、膣道がきゅっと締まる。その快感で、俺も上り詰めていく。

「んぁっ♥　あっ、あああっ♥　イってるおまんこ、あ♥　そんなに、んぁ、まだいっぱい突かれたら、あっあっ♥　ん、あぁぁぁっ♥」

嬌声を増すペリスフィアのおまんこを、奥まで突いていく。

昴ぶりのままに腰を振って、その蜜壺を味わい尽くした。

「あぁっ！　イクッ、またイクッ！　わたくし、あっあっ♥　連続で、あぁっ、イクウゥゥゥッ！」

びゅくっ、びゅるるるるるっ！

俺はそのまま膣奥で射精した。

「んはぁぁぁぁ♥　熱いの、あっ♥　子種汁が、わたくしの中に、んぁ……♥　いっぱい、出てますわ……ん、はぁ……」

中出しを受けて、彼女はうっとりと漏らした。

俺はそんな彼女の膣内に精液を出し切ると、肉竿を引き抜くのだった。

「あふぅっ……♥」

快楽の余韻に浸るペリスフィアは、とてもかわいらしい。

すっかりと女の顔になっている彼女を寝かせ、俺も隣に寝そべるのだった。

●

すっかりと快楽に敗北したペリスフィア。

そんな彼女は交渉と称して、俺と連日のように身体を重ねるようになっていた。

建前の上ではまだ、俺を骨抜きにしようとしている……ということらしい。

「今日こそ、私の素晴らしさを教えて差し上げますわ！」

そんな風に言って、俺を誘うペリスフィア。

そんな彼女に応え、今日もベッドへと向かうのだった。

ペリスフィアは態度こそまだ以前の名残があるものの、すっかりと快楽に飲み込まれ、えっちな女の子になっていた。

「ほら、ヴァール……」

そう言って俺をベッドへと押し倒すと、服に手をかけてくる。

彼女はズボンごと俺の下着を脱がせると、嬉しそうに股間へと手を伸ばしてきた。

「かわいい姿を見せていないで、早く準備をなさいなさいな……」

そう言って、まだ臨戦状態ではない肉竿をやわやわと刺激し、顔を近づける。

「わたくしのお口で、あむっ♥」

「うぉ……」

彼女はぱくりと肉竿を咥えこむ。温かな口内に包み込まれ、気持ちがいい。

「あむっ、じゅるっ……もごっ……」

彼女はそのまま、口内でペニスを転がすように刺激してきた。

「れろっ、ちゅぷっ……んっ……お口の中で、反応してきましたわ♪」

楽しそうに言うペリスフィア。

そんな彼女の口内で、肉竿が雄々しく勃起していく。

「んむっ、じゅちゅるっ……ちゅぽっ……大きくなったおちんぽ♥　わたくしの口内を、んっ、埋めつくして、んむぅっ……」

彼女はそんな肉棒を、一度口から出した。

「あふっ♥　あはっ♪　もうすっかりとそそり勃ってますわ……ヴァールのおちんちん♪　いやらしいかたち……♥」

そのままじっと、肉棒をうっとりとしながら眺めている。

美女の顔が勃起チンポの側にあるのは、やはりエロくていい光景だ。

そんな風に感じていると、唾液でテラテラと光る肉竿を軽くいじってきた。

「わたくしのお口に咥えられて、勃起したおちんぽ♥」

「ペリスフィア、うっ……」

彼女が手を動かすと、くちゅくちゅといやらしい音がする。

「こうしていじられるのも気持ちいいのですね……素直でかわいいぃ♪」

嬉しそうに言うペリスフィアこそ、かわいらしいものだったが。

「それでは、あらためて……ぺろっ♥」

勃起竿へと舌を伸し、そっと舐めてくる。

「れろっ、ちろっ……」

派手なタイプの美人女帝のフェラだが――。

「ぺろぉ♥　ちろろろっ……」

彼女は下品に舌を伸して、肉竿を舐めていくのだった。

「れろれろっ、ぺろんっ♪」

舌の気持ちよさとその背徳的な状況に、徐々に盛り上がっていく。

「れろっ、ちろろっ、ぺろっ♥」

ペリスフィアは熱心に俺のチンポを舐めていった。

「あふっ、ヴァールのおちんぽ、気持ちよさそうですわね」

「ああ、気持ちいいよ」

俺が言うと、彼女はにんまりと笑みを浮かべる。

「そうですか。ではもっと、ぺろぉっ♪」

女帝の舌が肉棒を舐め、高めてくる。

「れろっ、ちろっ、ぺろぉっ……♥」

すっかり快楽にハマり、こうして嬉しそうにフェラ奉仕をするようになっている。

高貴な女性から奉仕を受けるのは、オスとしての満足感を満たしてくれる。それほどまでに快楽の虜になってくれたという、自信にも繋がっていた。

「ぺろっ、ちろっ、れろっ……」

彼女は舌を使って肉竿を舐めながら、頭も動かしてくる。

「れろっ、ちろっ……ん、こうして、おちんぽの根元のほうに……れろれろっ、ちろっ♥　ん、ぺろぉっ……♥」

ペリスフィアは肉竿の根元のあたりを舐め、さらにそのまま唇で挟んだ。

「あむっ♥　太いおちんぽ♥　ん、ふぅっ……」

唇で竿を圧迫し、そのまま頭を動かす。

肉芯を柔らかな唇にしごかれ、俺の快感は膨らんでいった。

舐め回すよりもさらに直接的に、射精を促すような動き。欲望がさらに煮詰まっていく。

「あむっ、ん、こうしておちんぽをもっと、唇で、ん、ふぅっ……♥」

「うっ……たまらないな、ほんとに絞り出されるようだ」

「こうやって唇で刺激していると、ん、ヴァールの、とっても濃い雄の匂いを感じますわ……♥」

そう言いながら、鼻を鳴らす彼女。そのドスケベな姿に、俺の興奮は増していく一方だ。

「ほら、ここから、えっちな匂いが……すんすん……」

彼女は唇を離すと、今度はチンポの先に鼻を近づけてくる。

少し気恥ずかしいが、なんとエロい行動だ。そう思っていると、彼女は妖艶な笑みを浮かべる。

「れろぉっ♥」

「うぉ……！」

そして突然に、裏筋の部分を舐めてくるのだった。

「れろっ、ぺろっ……敏感なところをこうして、ぺろぉっ……♥」

彼女の舌使いに、俺は高められていく。

「あっ♥　先っぽから、お汁が出てきてる♥　ん、れろっ……あむっ♪」

舌先で先走りを舐め取ると、そのまま肉竿を咥えてきた。亀頭が温かな口内に包み込まれる。

「あむっ、じゅぶっ……」

そして、彼女は肉竿を咥えた状態でこちらを見上げた。その表情はとても扇情的だった。

「んむっ、じゅぶ……ちゅぱっ……」

ペリスフィアはゆっくりと頭を前後に動かし、肉棒を刺激してくる。

唇がつくる柔肉の輪が幹をしごき続けるので、気持ちよさが膨らんでいく。

「んむっ、ちゅぶっ、ん、ふぅっ……♥」

上目遣いにこちらを見ながら、熱心にフェラを続けているのだった。

「どうかしら？　ん、じゅぶっ……わたくしのフェラで、おちんぽイキそう？　じゅぶっ、ちゅぱっ、じゅるるっ！」

「う、あぁ……」

肉竿に吸いつく彼女に、俺はうなずいた。

ペリスフィアのご奉仕はとても気持ちがよく、精液がこみ上げてくる。あれほど高飛車だった彼女も、こんなに従順になって……その変化もまた、エロく感じさせるのだった。

「ん、それならのこのまま、まずはお口で搾り取って差し上げますわ♥　じゅぶぶっ、じょぼっ、ちゅぶぶぶっ！」

「ペリスフィア、うっ……！」

彼女はペースを上げて吸いついてきた。

唇が肉竿をますますしごき、舌先でも先端を責めてくる。

さらにバキュームまでされたので、俺は快楽に翻弄されていった。

「じゅぶぶっ、ちゅぶっ、じゅぽっ……♥　じゅるっるうっ、ちゅぶっ、ほらほら、わたくしのお口で、ん、出してしまいなさいな♪　じゅぶじゅぶっ！　じゅぽぽっ、ちゅぅっ♥　じゅぶぶっ、じゅるるるっ！」

「う、出るぞ……！」

「んむっ!?」

俺はそのまま、彼女の口内に射精した。肉竿が跳ね、女帝のお口に精液を送り込んでいく。

「んっ♥　んむっ、じゅるっ、んくっ……！」

飲んでくれている。あの誰もが恐れる女帝に、俺の欲望の放出を飲ませている。

ペリスフィアは出された精液を、余さず体内に収めていくのだった。

「んむ、ん、ごっくん♥」

そしてすべてを飲み込んでしまうと、艶《あで》やかな笑みを浮かべながら俺を見た。

「ね、ヴァール……」

彼女は自らの服に手をかけ、脱いでいく。

女帝は元々、布地の少ない衣装だ。すぐにぽよんっと揺れながら、魅力的な爆乳が現れる。

その豊かな双丘の頂点では、さきほどのフェラで感じていたためか、すでに乳首が存在を主張していた。

そのたわわな果実に見とれていると、ペリスフィアはさらに服を脱いでいく。

女性が脱いでいる姿を眺めるというのは、いけないことをしているような興奮があるものだ。

そんなことを考えながらも見とれていると、ついに最後の一枚にも手をかけてしまう。

「んっ……♥」

そしてペリスフィアは、生まれたままの姿になった。

女性らしく丸みを帯びたプロポーション。

手足や腰はきゅっと細身でありながら、おっぱいは存分に存在感をアピールしている。

「ヴァール、ん、わたくしのここ……」

そう言って軽く足を広げる彼女。

自らの秘部を見せつける、はしたない格好。それは政治の場での態度とのギャップもあって俺の欲望を焚きつける。

彼女のそこはもう濡れ始め、愛液をこぼしているのが分かった。

「ずいぶんと濡れてるな……」

俺が言うと、彼女はそこを広げてまでおねだりしてきた。

「んっ♥　もうこんなに濡れて、あっ♥　待ちきれなくなっているんですわ。わたくしのおまんこに……ヴァールのおちんぽ♥　入れてくださいませ……」

そんな風に言われては、我慢もできなくなるというものだ。俺は彼女をベッドへと押し倒した。

「あんっ♥」

嬉しそうに声を上げながら、押されるまま仰向けになるペリスフィア。

上を向いてもその大きなおっぱいは存在感を失わず、むしろ柔らかそうに揺れて誘ってくるのだった。俺はそんな爆乳へと両手を伸し、揉んでいった。

「あ♥　ん、はぁっ、あぅっ……」

彼女は色っぽい声を漏らしながら、身体を小さく揺らした。

「ん、はぁ、ああっ……ヴァール、ん、ああっ……♥」

気持ちよさそうな声をあげながら、彼女が身じろぎをする。

「ん、ああっ……」

「こんなにいやらしい胸をして……こうされるのがいいんだろ？」

「ひうんっ♥」

双丘を揉みながら、次は乳首をつまんでやると嬌声をあげる。

「んぁ、あああっ、そう、だけど、ん、ああっ……♥　わたくしは、もっと、あっ、ん、はぁっ……あぅっ♥」

胸を愛撫されて気持ちよくなりながらも、彼女は足を動かした。

「あぁ……切なくなってしまいますわ♥　ヴァールの、あぁっ……おちんぽが、欲しくて、あっ♥」

「ふふっ……すっかりとドスケベになって……俺を骨抜きにするなんて言っていたのに、すっかり自分のほうがセックスにはまり込んでるな」

そう言うと、顔を赤くしながらもうなずいた。

「あぅっ……♥　そうですわ。ん、ああっ、わたくしは、あっ♥　ヴァールのおちんぽに、負けてしまいましたわっ♥」

女帝様のドスケベな敗北宣言に、俺の肉竿も喜んでいた。そこで彼女の足を、ぐいっと開かせる。

「んはぁっ♥」

丸見えとなった格好のペリスフィア。高貴な女帝様とは思えないポーズだというのに、おまんこはひくついて期待しているのが、ありありと分かった。

そんな待ちきれない様子のおまんこに、肉棒をあてがう。

「ん、はぁっ……♥　硬いおちんぽが、あぁっ♥」

俺はそのまま、腰を押し進めていく。

「ん、はぁっ……！」

じゅぶっ、ずぶりと、肉棒が膣内に侵入していった。

「ああっ……！　逞しいおちんぽ♥　わたくしの膣内《なか》に、ん、はぁ、ああっ……！」

侵入を悦び、嬉しそうに言うペリスフィア。秘穴も肉棒を歓迎し、しっかりと咥え込んでくる。

「ん、ああっ、ヴァール、んっ……」

「いくぞ」

俺は腰を動かし始めた。

「んはっ♥　あっ、ん、くぅっ……中、ああっ♥」

蠢動する膣襞《ちつひだ》が肉棒に絡みつき、絞り上げてくる。

「んぁ、あああっ♥　おちんぽ、気持ちいいっ♥　ん、はぁ、ああっ！」

蜜壺をかき回すと、彼女は素直に感じていった。

「あふっ、ん、あぁっ♥　すごいですわ！　あっ、んぁ、おちんぽが、あふぅっ♥　わたくしの中で、あっあっ♥」

俺が腰を動かしていくと、それに合わせてペリスフィアが嬌声をあげ始める。

「あっあっ、ん、はぁっ♥　かき回されて、あっ♥　んぅっ♥　感じてしまいますわ、んはぁっ！」

そう言って乱れる彼女は、とてもかわいらしい。

最初のうちは俺を搾り取り、性的に優位に立とうとしていた彼女だったが……。

「あぁっ♥　そこ、いいですわっ♥　おちんぽが、ん、はぁっ！」

今ではすっかりと快楽に溺れて、艶めかしく喘いでいるのだった。心の欲望を解放しているとはいえ、ここまでになるとは。生来、エロい女なのだろうな。

「ああっ♥　気持ちいいっ♥　おまんこイクッ！　んぁ、ああっ！」

であれば、女帝であることにかなりのストレスもあったはずだ。男を見下し、力で従えてきたからこそ、こういった行為とは無縁だったのだ。それが今、すべて解放されている。

「う、そんなに締めつけてきて……」

「んぉっ♥　わたくし、あっ♥　ヴァールの、逞しいおちんぽにっ♥　イかされてしまいますっ！」

声を抑えられなくなって、存分に乱れる。俺はそんな彼女のおまんこを激しく突いていった。

「んはぁっ♥　んぉっ！　おちんぽ♥　わたくしの奥まで届いて、ああっ、そんなに、んぅぅっ！」

俺は腰を大きく振って、膣道を奥まで擦り上げていった。

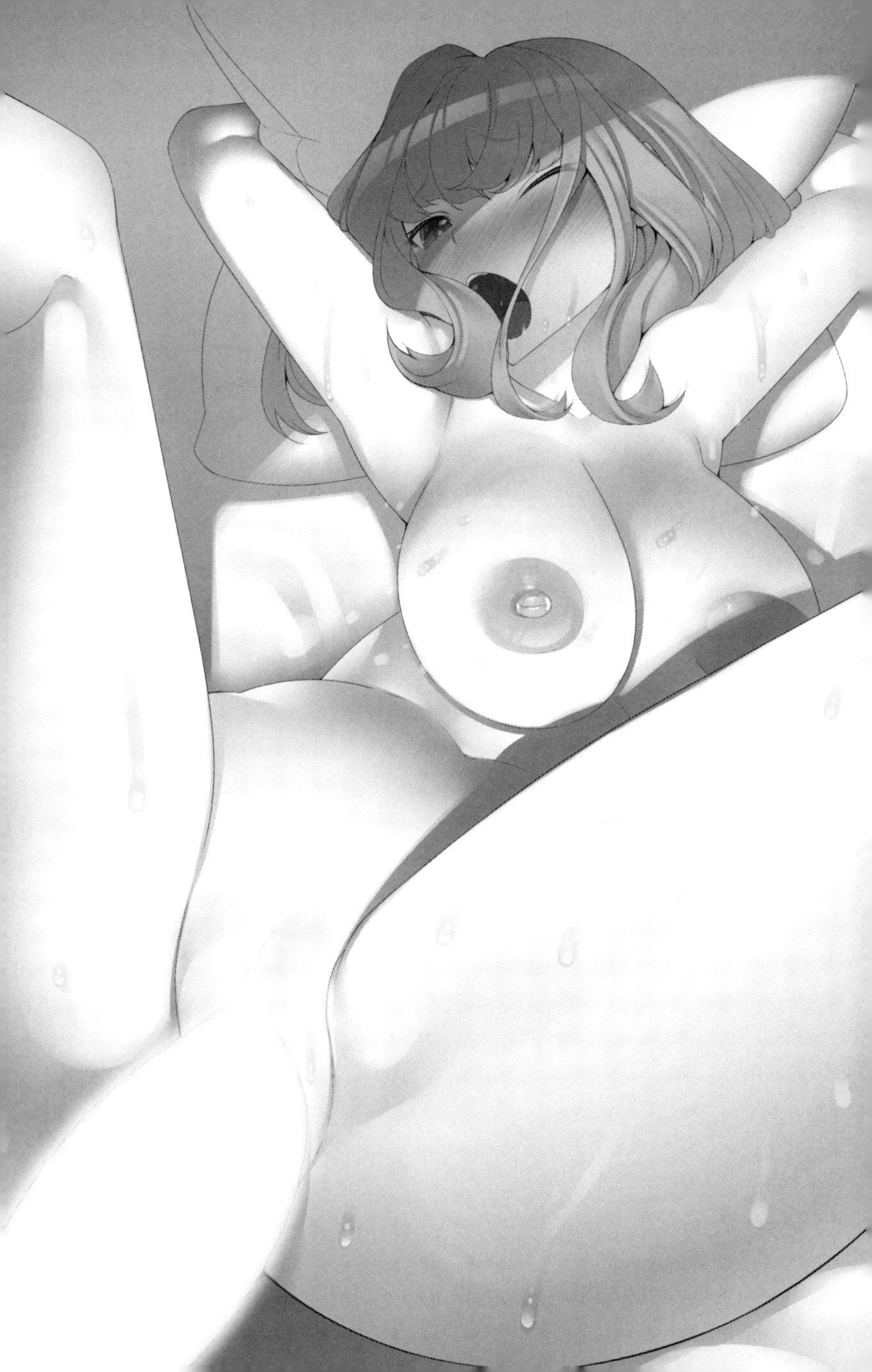

「ああっ♥　そんなに、なかっ、ズンズンされたら、わたくしっ、んほぉっ♥　気持ちよすぎて、はしたない声、あぁっ！」

「好きなだけ下品な声を出して、感じてくれていいぞ」

そう言ってさらにピストンを行う。

「んっ♥　あっ、だめぇっ♥　おちんぽが、んあっ、わたくしの一番奥に、あっ、んぅぅっ！」

「ぐっ、これは……」

肉棒の先端がペリスフィアの最奥、子宮口へと行きあたる。

そのくりっとした子宮口がくぽくぽと亀頭を咥えて刺激してくる。

その快感に腰が振るえて、俺はさらに奥を突いていくのだった。

「んはぁっ！　んあ、おぅっ、あぁぁっ♥　わ、わたくしの、んぁ、赤ちゃんの部屋、そんなに荒々しくノックしちゃだめですわぁっ♥」

しかし言葉とは裏腹に、彼女のおまんこは肉棒を締めつけ、その奥へと導いてくる。

「あぁぁっ♥　逞しいおちんぽに、んぁ、おまんこの奥、ノックされて、んぉっ♥　わたくしの身体が、あっ、孕みたがってますわ♥」

「ペリスフィア。う、ああっ……！」

その激しい締めつけに、俺の肉棒も限界が近づいてくる。

「んひぃっ！　あっあっあっあっ♥　イクッ！　もうイクッ！　おまんこイクッ！　おまんこきゅんきゅんしてるぅっ♥」

乱れて感じるペリスフィアのおまんこを、かき回していく。

「あっ♥　んおぉっ！　イクッ、んっあっあっ♥　おまんこイクッ、あふっ、んぉ、イクイクッ、んくうぅぅぅぅっ♥」

彼女がぎゅっと俺に抱きつきながら絶頂した。

「う、おぉ……」

膣襞が肉棒を絞り上げ、子宮口が吸いついてくる。

その気持ちいい絶頂締めつけに、俺も限界を越えた。

どびゅっ、びゅるるるるるうぅっ！

亀頭を咥えこんでくる子宮口に促され、ゼロ距離射精をきめていく。

「んおぉぉぉっ♥　あぅっ、奥っ、んぁ、わたくしの、あっ♥　赤ちゃんのお部屋に、せーえき、びゅくびゅく出されてますわぁっ……♥」

喜びながら肉棒を搾り取ってくる膣襞に促されながら、俺は精を出し切っていった。

「あふっ、ん、はぁっ……♥　すごいですわ……わたくしの中に、あぁ……ヴァールの子種が、いっぱい……んっ……♥」

中出しの気持ちよさに浸りながら、脱力していく彼女。

すっかりとろけ、快楽に溺れている表情のペリスフィア。

そのかわいらしい姿を見ながら、俺も快楽の余韻に浸っていくのだった。

第五章　大陸統一といちゃいちゃ生活

女帝であるペリスフィアもすっかり俺の虜になり、交渉も無事に終わった。

結果として、女帝である彼女が俺と結婚することとなり、これでイラージュ王国、コンタヒオ連合、フォルトゥナ帝国の三カ国がついに、俺の元で統一されることとなった。

長らくにらみ合いを続けていた三カ国だったが、これで争いは終わった。

結婚……についてはまあ、いろいろあったが……。帝王の血筋に拘る帝国相手では、これが最もまとめやすい方法だったのだ。

そのついでというか。

いや、俺としては元々こちらが主目的だったのだが、四つに分かれていた賢者の石をなんとか完成させた。欠片を統合するのもまた一苦労だったが、元の姿となった石は、予想以上のポテンシャルを秘めていた。

帝国ではこの石を、エネルギー源として使っていたようだ。海を越える船団の動力源であり、ペリスフィア自慢の魔法結界もその力を利用していたようだが、俺からすれば雑な仕組みだったことも、今は分かっている。

俺が欠片を統合するときになって初めて、ペリスフィアもセラピアもアドワも、賢者の石の真の力に触れ、心から感服したようだった。

このとき初めて、ペリスフィアもまた、俺に心底惚れ込んだ表情になっていた。

知恵と力、そして待ち望んでいたセックス。彼女にはもう、俺に逆らう理由などないのだ。

石が完成したことで、失われていた古代魔法の復活どころか、それをさらに発展させた魔術も作り出すことができて、そちらも発展していった。俺だけでは手が足らないほどなので、徐々にだが帝国や王国の魔法使いにも知識を与え、手伝わせている。

今はまだ、強力なもののほとんどが俺にしか扱えない状況だが、中には技術として確立し、広く普及させられそうなものも出てきていた。

それによって、国民の生活もさらに便利になっていくことだろう。

それもまた、三カ国が一緒になるメリットとしてアピールすることができるので、この統一を国民たちに理解させやすくなっていた。

もちろん、民の全てが冷静にメリットを判断して納得できるわけではない。これまでのしがらみというものがある。

そう言った部分への細かなケアは必要になってくるのだが、そのあたりは主に官僚たちが請け負ってくれるらしい。俺は今回もまた、そのときの旗振り役として様々なところへ顔を出したり、打ち合わせを行ったりなどしていた。

そして結局はだが、本格的にどうしようもない部分に関しては、魔法を使うこともあった。

あまり褒められた行為ではないが、手っ取り早いといえばそうだしな。

古代魔法の復活とその発展で文化レベルがあがり、各国間の移動が楽になったのは、その中でも最もわかりやすく助かった部分だ。

そんな風にいろいろとしつつ、慌ただしい時間が過ぎていった。

流石に海の外まで統治しようとしていただけあって、帝国の役人たちは皆、とても優秀だった。

そんな帝国官僚たちの尽力もあり、大陸統一国家としてのかたちも整って、一段落。

戦争による統一ではなかったので、国土も荒れてはいない。政治体制さえしっかり示せば大丈夫というわけだ。

そうなればもちろん、俺としてはは美女たちに囲まれたハーレムな日々に戻りたくなった。

しばらくは仕事に追われていたこともあり、のんびりとした……けれどある意味たいへんな体力を使うような日々を、それでも楽しんでいくのだった。

●

そんなある夜。

俺の部屋を、アドワとペリスフィアのふたりが訪れてくる。

元々は女帝として、王国や連合を下に見ていたペリスフィアだったが、俺に屈服してからはそういった部分もかなり改善され、今ではこうしてアドワと並ぶことも出ていた。

常に強気だったのも、女帝として貴族たちに舐められないように、という部分もあったみたいだ。

もちろん、生まれたときから人の上の立つべき人物であって、自身も優秀であったことから、すべてが体面のための芝居というわけではなかったようだが……。

そんなわけで、高慢な面を多少は残しつつも以前よりは接しやすくなったペリスフィアは、元々まっすぐで気のいいアドワや、ドスケベなこと以外は聖女としてふさわしいセラピアと上手くやれているようだった。

正妻がペリスフィアに決まったときにはどう反応するかと思ったが、公平な夜を約束することで、思いのほか安定した関係になっていた。俺の女たちはどうやら、立ち位置には興味がないらしい。

そう、彼女たちが俺に欲しているのは、素敵なセックスなのだ。

昼間も三人が一緒にいることが多く、その光景は微笑ましい。だからこそ、夜もしっかりと愛し合うことができるというものだ。

ともあれ今夜は、アドワとペリスフィアとともにベッドへと向かう。

左右から豊満な美女に挟まれるのは、男として嬉しい限りだ。

「ふふ、魔王と女帝……ふたりがかりで、ヴァールを気持ちよくしてさしあげますわ♪　最高ではなくって？」

ペリスフィアは上機嫌に言って、俺に抱きついてくる。

爆乳がむにゅりと俺の身体でかたちを変えながら、柔らかさを伝えてくるのだった。

その気持ちよさを感じていると、アドワが反対側から抱きついてくる。

「ヴァールの感じるところ、いっぱい見せてね♪」

こちらも大きなおっぱいが、むにゅっと俺を楽しませてくれる。

積極的なペリスフィアたちに導かれながらベッドに上がると、さっそく俺の服に手をかけてきた。

「ほら、脱いでしまいなさいな♪」

ペリスフィアがそのまま、俺の服を脱がせていく。

その最中、俺の視界に入るところでは、アドワが自らの服を脱いでいた。

こうして美女の肌が露出していく姿というのは、何度見てもいいものだ。

裸そのものももちろんエロく素晴らしいのだが、脱ぐ仕草というのは、日常とエロの切り替わりを象徴するようでそそる。

ぱさり、と服が落ち、魅惑的な肢体があらわになっていく。

引き締まったアドワの身体は美しく、それでいて大きなおっぱいはこちらを誘うように揺れるのだった。そんなアドワのストリップを眺めているうちに、俺もすっかり脱がされてしまう。

「ん、しょ……」

あれほど威圧的だったペリスフィアがこうして尽くしてくれるのも、味わい深いものがあった。

そんな彼女の頭をなでると、ペリスフィアは気持ちよさそうに目を細くする。

「えいっ」

「あっ……！」

そんな彼女にアドワが後ろから手を伸ばし、女帝の服も脱がせていった。

「ちょ、ちょっと、アドワ、んっ……」

「ほらほら、ペリスフィアも脱いで」

美女が美女の服を脱がせている光景を、俺は眺める。

これもなかなかに、いいものだな。

「あ、もうっ……」

戸惑いの声を上げながらも、されるがままになっているペリスフィア。

彼女の服はすぐに剥ぎ取られ、その裸体があらわになっていく。

自ら脱ぐ姿もエロいが、脱がされる様子というのも別種のエロさがある。

しかも、全裸の美女が美女を脱がしているとなれば、それは眼福以外の何物でもないのだった。

そんな光景を眺めていると、ペリスフィアも全裸にされてしまう。

「なんだか、変に恥ずかしいですわ……」

顔を赤くして恥じらう彼女は、とてもかわいらしくそそる。

そんな彼女たちが、あらためて俺に迫ってくる。

「んんっ、ヴァール、ほらこちらに……」

気を取り直したペリスフィアがそう言って、俺の足を広げさせながら、かがみ込むようにしていった。

「あたしはこっちから、えいっ♪」

そして反対側からアドワも同じようにする。

彼女たちは俺の股間へと、端正な顔を寄せてくるのだった。

「こうしてあたしたちふたりで……」

「おちんぽにご奉仕させていただきますわ♪」

彼女たちはそう言うと、俺の肉竿へと舌を伸してきた。

「ぺろっ」

「れろっ……」

ふたりの舌が、まだ臨戦態勢ではない肉竿を刺激する。

「れろっ、ん……」

「この状態だとい、ちょっと舐めにくいですわね……ほら、ヴァール、おっきくしてくださいな。ぺろぉっ♥」

「うっ……」

勃起を促しながら、舌を動かすペリスフィア。

その気持ちよさと、美女ふたりが同時に舐めている光景のエロさに、俺の肉棒はぐんぐんと膨らんでいく。

「ん、おちんぽ、大きくなってきた……あふっ……ヴァールの、逞しいオスの姿だね♪　れろっ、ちろろろっ♥」

アドワが楽しそうに言いながら、勃起竿をさらに舐めてくる。

「れろっ、ん、やっぱりこのほうが素敵ですわ。れろぉっ……♥」

ペリスフィアも肉竿を舐めながらそう言い、ふたりはさらに積極的に責めてくる。

「れろっ、ちろっ……」

「ぺろ……ん、ちろろろっ……」

彼女たちはふたりして顔を寄せ合うようにして、肉竿を舐め合っているのだった。

それぞれの舌がタイミングをずらして愛撫を行ってくる気持ちよさと、そのエロい光景に俺の興奮は増していく一方だ。

「れろろっ……ちろっ……」

「ん、ぺろっ……」

彼女たちの舌が肉竿を隅々まで刺激していく。

「ん、こうして先っぽを、れろろろっ……♥」

「うっ……」

アドワの舌が器用に先端を責めてくる。

「それならわたくしは根元のほうを、ぺろぉっ♥」

ペリスフィアはそれに対応するように、根元を責めてきた。

彼女たちの舌が肉竿全体を湿らせ、愛撫していく。

「れろっ、ちろっ……」

「ぺろろっ……ん、ふぅっ……」

ふたりは巧みに位置をかえながら、肉竿を舐めてくる。

「んむ、今度は私が、んっ、敏感な裏筋のところを、れろっ♥　ぺろろろっ……」

ペリスフィアがそう言って、筋に合わせるように舌を這わせてくる。

「おちんぽの血管を、れろっ……」

アドワも舌先でなぞるように愛撫を行った。

そんなふたりの舐め回しに、俺の肉竿はどんどんと高められていく。

「ん、れろろっ……こうして舐めていると、先っぽからとろとろのお汁が出てきますわ……♥」

「本当、ぺろっ♥」

「ふたりとも、うぁ……」

ふたりの舌が、同時に鈴口のあたりを責めてきて、我慢汁を舐め取っていく。

「ちろっ、ぺろっ……」

「ん、れろろっ……♥」

彼女たちの舌使いで、舐め取られるそばから先走りはあふれる一方だ。

「れろっ、ん、どんどんあふれてきてますわ……♥」

「ん、ペリスフィア、れろっ」

「んぁ、もう、アドワ、はしたないですわ……。わたくしも、れろっ、ちろろろっ……」

「おぉ……」

アドワは、同じく先走りを舐めるペリスフィアの舌を、くすぐるように舐めていった。

それを受けて、ペリスフィアも反撃をするように、アドワの舌へと愛撫を行う。

「れろろっ、ちろっ」

「ぺろっ、れろっ……」

ふたりの美女が、舌を絡め合っているエロい光景だ。

「れろっ、ん、ふぅっ……ぺろっ……」

「あぁ……。ちろっ、れろぉっ……♥」

その光景だけでも素晴らしいものだが、そんな彼女たちの間には、俺の勃起竿がある。

彼女たちが舌を愛撫しあう間にも、その快楽が送り込まれてくる。

「ん、れろっ、ちろっ……」

「あふっ……れろろっ……」

彼女たちはチンポを挟んで舌を絡めていく。

その気持ちよさに、俺は身を任せるのだった。

「あふっ、そろそろ、イキそうですの？」

「おちんちん、先っぽが膨らんできてるな♪　れろぉっ♥」

「う……あぁ」

アドワの舐め上げに声を詰まらせつつ、うなずいた。

「それなら、れろっ、ちゅぽっ、ちゅぷっ♥」

「こうして両側から、ん、おちんぽをいっぱい舐めて、れろぉっ♥」

「んっ……」

彼女たちは舌を大きく動かし、肉竿をなめ回してくる。

ふたり分ともなると、あちこちに舌愛撫が行われ、肉竿全体が快感に包まれていった。

「れろろっ……ん、ちゅぷっ……」

「ぺろぉっ♥　ん、れろれろれろれろっ！」

彼女たちは激しく舌を動かして、肉竿を愛撫していった。

その舌使いに、精液がこみ上げてくる。

「ふたりとも、そろそろ……」

「ん、いいですわ、このまま♥　わたくしたちの舌で、イってください♪」

「れろっ♥　ヴァールのおちんぽから精液が噴き出すところ、見せて？　ぺろろろっ！」

「ああっ……！」

そんな彼女たちの舌に促されて、俺は射精した。

「わっ♥」

「んっ♥」

吹き上がった精液が、彼女たちの顔を汚していく。

「あぁ……♥　熱いザーメン、んっ♥」

「どろどろの精液がかかってる♥」

彼女たちは俺の出したものを嬉しそうに受け止め、その顔をよごしていった。

「あふっ、えっちな匂いで、ドキドキしてしまいますわ……」

裸の彼女たちがそう言って顔を赤くする姿は、とても艶めかしい。

それに、俺が出したモノを浴びているというのも、オスの征服感を煽ってくるのだった。

「ん、れろっ♪」

アドワはかかった精液を舌で舐め取ると、笑みを浮かべた。

いつもの元気な様子とは違う艶やかな雰囲気に、欲望を刺激される。

すっかりと興奮した彼女たちは、俺をベッドへと押し倒した。

「ね、ヴァール、まだまだ元気なヴァールのおちんぽ♥ 次はわたくしのここで、気持ちよくなってくださいな……♥」

そう言って、ペリスフィアは足を開き、自らの秘部を見せる。

もうしっかりと濡れて、愛液をこぼしているその花弁。

M字に足を広げた卑猥な格好で秘裂を見せつけるペリスフィアと、その濃密なメスの匂いに俺の肉竿は当然反応してしまう。

先程出したばかりとは思えないほど元気なそれに、彼女はうっとりと潤んだ目を向けているのだった。

「ああ……」

直接的なお誘いに、当然俺はうなずいた。

彼女ももう我慢できない、というように俺に跨《また》がってくる。

「アドワ、こっちに……」

「んっ……♥」

俺は同じく、もうすっかりと昂ぶっているアドワを、顔のほうへと呼ぶ。

彼女は顔を赤くしながらもこちらに来て、俺の頭の上で足を開くのだった。

「あっ……♥　こ、これ、かなり恥ずかしいな、ん、はぁっ……♥」

俺の上に跨がったアドワのおまんこがよく見える。

愛液で光るそこは、快感を求めて薄く花開いていた。

そんなぬれぬれおまんこが、俺の顔へと近づいてくる。

恥ずかしがっているのか、ゆっくりと近づいてくるのは、焦らしているかのようでかえってエロく感じられる。

「ひゃうんっ♥」

俺はそんな彼女の腰を引き寄せると、割れ目に舌を這わせていった。

「んはぁっ♥　あ、んんっ……」

アドワは気持ちよさそうな声をあげながら、俺の顔におまんこを押しつけてくる。

そんな欲しがりな彼女のそこを、舌で愛撫してやった。

「あっ♥　ん、はぁっ……」

「あぁ……わたくしも、ん、はぁっ……♥」

俺の視界はアドワのおまんこで塞がっていて見えないが、ペリスフィアが肉竿をつかんだのがわかった。

しなやかな指が肉棒をつかみ、自らの割れ目へと導いていく。

「あふっ、ん、あぁ……♥」

そして先端がぬぷり、とその蜜壺に埋まっていった。

「あっ♥　ん、はぁっ……あふっ……」

熱くうねる膣内に迎え入れられ、肉竿が刺激される。

「あぁ、ん……ヴァールのおちんぽが、あっ♥　わたくしの中を、雄々しく突き進んできて……♥　んっ、はぁ、ああっ……！」

そう言って、彼女は腰を動かし始める。

膣襞がさっそく肉棒を刺激し、快楽を送り込んできた。

「あっ、ん、ふぅっ……♥」

俺はその気持ちよさを感じながら、アドワのおまんこを愛撫していく。

「ひゃうっ♥　ん、はぁ、ああっ……♥」

「あふっ、ん、はぁっ、ああっ♥」

俺の上で腰を振りながら、ペリスフィアが嬌声をあげていく。

膣襞が潤いを増し、肉棒を擦りあげながら快楽を送り込んできていた。

下半身では淫肉の気持ちよさを感じながら、俺は舌を動かし、アドワのおまんこを刺激していく。

「んぁっ♥　あぁっ……！　ヴァールの舌が、あっ♥　あたしのおまんこを、んぅっ……！」

あふれる愛液を舐め取り、薄い花びらを刺激していくと、アドワは声を漏らして感じていく。

俺の上で美女ふたりが乱れているのだと思うと、オスの本能が滾っていくのだった。

「んはぁっ♥　あ、ん、ふぅっ……」

「ひうっ、ヴァール、ん、舌が、ああっ♥」

自ら大胆に腰を振ることで、蜜壺で必死に肉棒を刺激してくるペリスフィアと、俺のクンニで感じているアドワ。

そんな彼女たちの興奮を感じながら、俺も高まっていった。

「あふっ、ん、はぁっ……ああっ……！」

「んぁっ♥　あぁっ、んぁっ！」

ふたり分の嬌声を楽しみ、舌を動かしていく。

その間も肉棒は膣襞に擦り上げられ続け、どんどんと盛り上がっていった。

「あっあっ♥　ん、太いのが、あふっ、奥まで来てますわ……♥」

「あふぅっ♥　そんなに、おまんこぺろぺろしちゃだめぇっ♥」

ふたりが乱れながら、腰を動かしてくる。

アドワはおまんこを俺の顔にさらに押しつけて、もっとしてほしいとおねだりするように、腰をくねらせていく。

俺はそんな彼女の期待に応えるべく、舌で膣穴をいじり、襞を擦り上げ、クリトリスを責めていった。

「んはぁっ！　あっ、ああっ♥　すごい、ん、気持ちいいっ……♥　あたし、ん、はぁっ、もう、ん

はぁっ♥」

快感に声をあげていくアドワ。

そしてペリスフィアのほうは、その蜜壺で肉棒を深く咥えこみ、ますます腰を振っていく。

「あっ♥　ん、はぁっ……ふぅっ、ん♥　おちんぽ、わたくしの中でいっぱい、ん、はぁっ……あっ、んくぅっ！」

蠕動する膣襞が肉棒を締めあげ、快感を送り込んでくる。腰の動きも激しくなった。

「あふっ、ん、はぁっ♥」

「あうっ、あああっ♥　ん、くぅっ！」

ふたりとも快感に高まり、俺の上で乱れていく。

俺のほうも、限界が近づいていた。

「あふっ、ん、はぁっ♥　あっあっ、あたし、もう、んぁっ、イキそうっ♥　あっ、クリトリスで、ん、ふぅっ！」

俺はアドワの、敏感な淫芽を責めていく。

「んはぁっ♥　あっ、イクッ！　ん、くぅっ♥　わたくしも、おぅっ♥　気持ちよくて、あっ、んはぁっ♥」

ペリスフィアはさらに腰を激しく振って、肉棒を締めつけてくる。

「ああっ♥　もう、イクッ！　クリちゃん責められてイクゥッ！」

「んほぉっ♥　おちんぽ、わたくしの中をかき回して、んあっ♥　イクッ！　あっあっあっ♥　ん、おぅっ♥」

俺の上で快感に乱れるふたりが、上り詰めていく。

こちらも、もう精液が肉竿を登りつつあるのを感じた。

「んはぁっ♥　あっ、だめ、ん、くぅっ！　あっあっ♥」

「おぉっ♥　ん、おまんこ、おまんこイクッ！　んおぉっ♥　あっ、ん、おぉ♥」

そして、ふたりの声が重なった。

「イクッ、イックウウゥウゥッ！」

どびゅっ！　びゅくくっ、びゅるるるるっ！

そんなふたりと合わせて、俺も射精した。

「んはぁっ♥　熱いの……ザーメンいっぱい、でてるぅっ♥」

生の中出しを子宮に受けて、ペリスフィアはさらに嬌声をあげていった。

「はぁ……あっ、ああ……♥」

「ひう、おちんぽから、ああっ……♥」

一足先に余韻に浸るアドワと、中出し精液に感じているペリスフィア。

彼女の膣襞は肉棒を締めあげ、余さずに精液を搾り取っていた。

「あぁ……ん、はぁっ……♥」

俺は美女ふたりを同時に抱いた満足感に浸りながら、脱力していくのだった。

そして現在、大陸の中心には三カ国が一つになった象徴としての城が建設開始されているのだった。しかし完成はだいぶ先になる。なので俺は最近、主に旧帝国の城で過ごしている。

もちろん、セラピアやアドワも一緒だ。

魔王の座を俺に譲り渡しているアドワや、元々帝王だったペリスフィアは問題なしとして、セラピアは王国の象徴でもある聖女だ。本来であれば、王都からはあまり長期間は動けない。

だが、三カ国が一つにまとまっていったことで、巡礼を行うなどの理由付けも出来た。

しかし、聖女が教会内、そして国内で力を持つのは、王国を守る神樹の加護を回復させる力を持っているからだ。

その儀式の日程が、そろそろ近づいてきている。

そんなわけで、セラピアは一度旧王国領へと戻る必要がある。

そこでせっかくならと俺も顔を出すことになり、ふたりで——といっても、実際は多くの人々に守られながら——王国領に向かうことになった。

帝国領から王国領に入ると、やはり少し雰囲気が変わる。

建築様式の違いなどは、技術の差というよりも、互いにわざと変えているという面も多々あるみたいだ。長年にらみ合ってきたという事情もあるし、思うところもあるのだろう。

帝国はペリスフィアに帝王が替わってから、大陸外に出ることで持ち直していたが、それまでは王国同様に、国力が下がる一方だったのだという。

無意味なにらみ合いが有益でないのは、みんなわかっていた。

それに、長い膠着状態だったため、実感として相手国に憎しみを抱くような人は、実際にはもうほとんど残っていなかったのだ。

それもまた、賢者の石や俺の魔法があったというのを差し引いても、意外なほどあっさりと国がまとまっていった一因だろう。

なにもかも友好的ではないにせよ、実害を受けた相手でもない。すでにそんな世代になっていた。

敵意を煽ることは可能だし、簡単に乗ってしまうような人も多いが、同時に、冷静に判断できる人だって少ないわけではない。

戦争なしでしっかりと改革、そして平和ムードとなり、大陸中が今は気軽に行き来できるのだった。


久しぶりの王国に着くと、まずは様々なところに挨拶だ。

特に聖女であるセラピアは、そのあたりで忙しい。

実際に神樹の前で加護の儀式を行うまでには、まだそれなりの日数があるが、ほとんどの日に彼女はなにかしらの訪問を受ける予定になっていた。

俺のほうもそれなりに政《まつりごと》はあるが、やはり聖女の人気は、ここではすごいものだ。

そんなある日、その日の分の挨拶が早めに終わったため、俺とセラピアは近くの森へと散歩をすることにしたのだった。

「んー、はぁ……森の中は、やっぱり気分がいいですね♪」

のびをしながら、セラピアが言った。

連日、かしこまった挨拶をしているためか、開放感に浸っているようだ。

しかし……。

そんな風にのびをすると、彼女の爆乳がたゆんっと柔らかさそうに揺れて、ついふしだらな目を向けてしまう。

「さすがに連日だと、ちょっとつかれちゃいますね」

「ああ、お疲れ様」

彼女の隣を歩きながら、お互いを労《ねぎら》い合った。

こうして森の中を歩くのは、実際に気持ちがいい。今は護衛も遠ざけているので、リラックスできていた。俺には探知魔法もあるから、そもそも要らないのだがな。

「最近は……こうやって、ヴァールさんと過ごす時間も取りにくかったですし」

そう言いながら、彼女が俺の腕に抱きついてきた。

大きな胸がふにょんっと腕に当たってかたちをかえる。

その柔らかさに癒やされていると、彼女が続けた。

「してないと、欲しくなっちゃいます……♥」

恥ずかしげに言うセラピアはとてもかわいらしく、ムラッときてしまう。

確かに、移動に加えて、こちらに来てからも連日、人と会うばかりだった。

忙しさもあって、まったくしていなかったが……。俺はともかく、セラピアには辛かったのかもしれないな。

「それに……」

セラピアは俺の股間へと目を向けて言った。

「ヴァールさんも、溜まっちゃってるんじゃないですか……？」

彼女はそこで、色っぽい笑みを浮かべた。

「さっきも、私のおっぱいに、いやらしい視線が向いてましたし♪」

「うっ……わかっていたか」

その通りなので、思わず言葉を詰まらせてしまう。

こちらへ来る前までは、彼女たち三人と代わる代わる夜を過ごすような、ハーレムライフだったわけで。

そこから急に禁欲生活――というほど大げさなものではないけれど――になったため、俺も溜まっているのだった。

「でも、屋敷に戻ると、結局は難しいですよね」

「まあ、少しな……」

俺たちの関係はもう知られているし、問題はないといえばないのだが、連日人と会うため比較的朝が早いことや、儀式前ということでやや空気感がおごそかなことなどから、あまりはっちゃけられる雰囲気ではない。

儀式に関連してか、いつもより護衛につく騎士が多く、部屋でさえ近くに控えているということもある。

それに、俺の前では、もうすっかりとドスケベな姿をさらしているセラピアだけれど、世間的なイメージはまだまだ清楚な聖女様だ。

帝国との婚姻に合わせ、俺とセラピアとの関係も夫婦に近くはなっている。

王国からすれば、ペリスフィアよりもセラピアのほうが正妻なのだと思っている節もあった。

今回の貴族たちからの挨拶でも、子供を急かされることがあったほどだ。

だから内々にはさすがに処女だとは思われていないだろうが、快楽に乱れている姿というのはやはりイメージと異なる。

そんなこともあって、あまり屋敷でするのも、という感じだ。

「だから……んっ……」

そう言って、セラピアは俺を道から少し離れた、森の奥へと連れていった。

「ここなら、人も来ませんから……」

少し顔を赤くしながら、そう言うセラピア。

俺にだけ見せるそのエロい様子、こちらも我慢できなくなる。

「あんっ♥」

俺は彼女を抱き寄せると、そのままキスをした。

「ん、ちゅっ……♥」

それを素直に受け入れる彼女。すでに発情しているのがわかる。

「ん、れろっ……」

そしてそのまま、互いの舌を絡めていった。

「あむっ、ぺろっ……」

舌先で彼女の舌を舐め上げ、反対に彼女の舌もこちらを舐めてくる。

「ん、れろっ……んぁ……♥」

俺たちは淫らに抱き合いながら、ディープキスを行っていく。

「ん、れろっ……あふっ……♥」

しばらくして口を離すと、彼女がうっとりと俺を見上げた。

「ヴァールさん……」

彼女は地面に、かがみ込むようにした。

「ここ、もう大きくなってますね……♥」

そして股間のあたりに顔を寄せると、セラピアは俺のズボンをくつろげて、そのまま肉竿を取り出してくる。

「あぁ……♥　逞しいおちんぽ♥」

うっとりとそう言うと、そっと肉竿を握る。

「もうこんなに硬くて……ヴァールさんもお外なのに、期待してるんですよね」

「ああ……」

俺は素直にうなずいた。もちろんしたい。奉仕してほしい。

彼女は肉竿に顔と近づけると、舌をのばす。

「れろっ♥」

「うっ……」

温かな舌が、肉棒を舐め上げた。

さきほどのキスよりも丁寧に、彼女が舌を這わせていく。

「れろっ……ちろっ……んっ……♥」

セラピアは大事そうに指を添え、肉竿を舐めていく。

「ん、れろっ……ちゅっ……ふぅっ……こうやって、ぺろっ……♥　ヴァールさんのおちんぽに触れるのも、久しぶりな気がします」

「おぉ……」

そう言いながら、彼女は根元をしごくようにしてくる。

そして先端はもちろん、その舌で愛しそうに舐められていった。

「れろっ、ちろっ……んっ……」

冷静になれば、久しぶりというほどに日は空いていないのだが、なにせそれまでがずっといちゃいちゃしながら過ごしていたからな……。

体感的には、たしかにそう思うのかもしれない。

「ほら、ヴァールさんのタマタマもずっしりして、いっぱい精液が溜まっちゃってるんじゃないですか？　れろっ」

彼女は空いているほうの手で、陰嚢を持ち上げるように刺激してくる。

「たぷたぷー♪」

セラピアの手が上下に動き、陰嚢をもてあそぶ。

「れろっ、ちろっ……♥」

亀頭がなめ回され、快感が膨らんでいった。

「あふっ♥　おちんぽを舐めていると、私もどんどんえっちな気分になってしまいます……♥　れろっ、ちろろっ！」

「うっ……」

清楚な顔立ちと、淫らな奉仕。舌先愛撫に、思わず声が漏れる。

溜まっている分、敏感にもなっているようだ。

「あぁ……♥　先っぽから、お汁があふれ出してきました。れろっ♥」

彼女は嬉しそうに言うと、鈴口へと舌を伸し、我慢汁を舐め取ってくる。

「ぺろっ、ちろっ……」

ちろちろと舌を動かし、刺激してくるセラピア。

「先っぽを、あむっ♥」

そして次には、亀頭を咥えこんでくる。

温かな口内に包まれる気持ちよさと、唇がカリ裏を刺激してくる快楽。

「あむっ、じゅぶっ……れろっ♥」

さらに口内で舌を動かし、彼女がこちらを追い込んできた。

「れろっ、ちゅばっ……ちゅぱっ。ぺろろろっ♥」

「あぁ……セラピア、うっ……」

気持ちよさに思わず腰を引きそうになると、彼女はむしろ頭を前に出し、肉竿を咥えこんでくる。

「んむっ、じゅぶっ、じゅぽっ♥」

そしてこちらの腰に手を回すと逃げられないようにして、さらに扱き立ててきた。

「じゅぶじゅぶっ♥ ちゅぱっ、ん、はぁっ……♥」

肉棒に吸いつき、フェラ奉仕を深めていく。

「じゅぶぶっ……れろっ、ちゅぼっ、じゅるっ♥」

「う、あぁ……」

熱心にしゃぶりついてくるセラピアに、俺はされるがままだ。

「じゅぶぶっ、じゅるっ、ん、ちゅぽっ♥」

セラピアはエロいフェラ顔をしながら、肉棒をしゃぶっている。

「じゅぶぶっ……♥ ん、れろっ、ちゅばっ、あぁっ……♥」

フェラをしながら自分も昂ぶっているようで、もじもじと身体を動かしていた。

その姿もまたスケベですばらしいものだ。とても信者には見せられないがな。

「じゅぶっ、れろっ、ちゅぱっ、じゅぼぼっ……♥」

真面目で清楚な聖女様の、ドスケベフェラだ。テクニックはますます上達している。

「じゅぶっ、ちゅばっ。れろ♥」

しかもここは森の中だ。

ベッドの上でもあれほどエロいというのに満足出来ず、野外でまでこんな姿を見せるなんて。

「あむっ、じゅじゅぼっ♥ ちゅるっ、ん、ちゅぱっ！ あふ、我慢汁、どんどんあふれて……♥れろっ、ちゅぼっ♥」

彼女は肉竿に吸いつき、しゃぶり尽くしてくる。俺の射精欲も限界だ。

「セラピア、そろそろ……」

「あふっ♥ せーえき、でそうです？ じゅるっ、ん、ちゅぱっ……♥ いいですよ♪ 私のお口に、じゅぶぶっ」

肉棒を咥えたまま頭を前後させ、彼女が吸引を続ける。

「ヴァールさんの、じゅぶぶっ♥ ため込んだ、濃いザーメン♪ じゅるるっ、いっぱい出してください。じゅぶぶぶっ！」

「う、ああ……！」

彼女はそのままチンポをバキュームしてくる。

きゅっとすぼまった下品なフェラ顔と、その強い吸いつきに俺は昂ぶっていく。

「じゅぶぶっ、ん、じゅぼっ♥ あふっ、れろれろれろっ！ じゅるっ、じゅぼぼっ、じゅぶぶぶぶぶぶっ！」

「ああ……！」

俺は彼女の口内に思いきり射精した。

「んぅっ!?　ん、じゅるるるっ！」

精液を口に受けた彼女は、そのまま肉竿に吸いついてくる。

俺はされるがまま、精液を放っていった。

「ん、んくっ……♥　じゅるっ、ちゅぅっ！　じゅぶっ、んくっ……」

溜まっていた大量の奔流を受けてもなお、彼女は肉竿から口を離さず、精液を飲み込んでいく。

「んん、ん、ごっくん♪」

そして俺が出し切った精液を全て飲み干すと、ようやく頭を上げるのだった。

「あふっ……ヴァールさんの精液、すっごくどろどろで絡みついてきました……♥　こんなに溜め込んで、ん、はぁっ♥」

すっかりと発情した顔で言うセラピア。

「ヴァールさん……」

彼女は立ち上がると、うっとりと俺を見る。

出したばかりとはいえ、俺もまだまだいけそうだ。一度くらいでは我慢できない。

「セラピア、木に手をついて」

「はいっ♥」

俺が言うと、彼女はすぐに従い、近くの木に手をついた。そして、こちらにお尻を突き出すような格好になる。俺はそんな彼女の秘部に指を這わし、衣装をまくり上げる。

「あぁ……♥」

「もうすっかり濡れてるな」

彼女の下着にははっきりと愛液が漏れ出しており、そのかたちを赤裸々にさらしてしまっている。

「あふっ……ヴァールさんの逞しいおちんぽを咥えてたら、身体が疼いて……ん、はぁっ……♥　もう、んんっ……♥」

そう言って、物欲しそうにお尻を振ってアピールするセラピア。

そのドスケベな姿に、俺の興奮も盛り上がる。

セラピアの下着をずらすと、むわりとメスのフェロモンが香り、ぬれぬれおまんこが現れてくる。

すでに準備万端なその膣口に、いきり立つ肉棒をあてがった。

「んぁっ♥　硬いのが、当たって、んっ♥」

くちゅり、と愛液が音を立てる。俺はそのまま、腰を前へと進めていった。

「んはぁっ♥　あっ、ん、ふぅっ……」

とろとろのおまんこは肉棒を迎え入れると、すぐに咥えこんで締めつけてきた。

「あふっ、ん、入って、きてます。あぁ……♥」

熱くうねる膣襞《ちつひだ》が肉竿を刺激してくる。

その気持ちよさを感じながら、俺は腰を動かし始めた。

「んぁっ……♥　あっ、ん、ふぅっ……」

セラピアは気持ちよさそうな声を出していく。

森の中で聖女が、木に手をつきながら挿入されている姿。まるで犯されてでもいるかのようだ。

その、普段とは違うシチュエーションと、エロい後姿を楽しんでいく。

「ああっ♥　ん、はぁっ、あぅっ……！」

次第に大胆になるピストンを行うと、彼女が嬌声をあげていく。

「ああっ♥　ん、はぁっ、ヴァールさんの、あっ♥　おちんぽが、私の中を、往復してっ、ん、はあっ、ああっ！」

蠕動する膣襞が、肉棒をしっかりと咥えこんで擦り上げる。

「んっ♥　はぁ、ああっ……あぅっ……♥」

いやらしく感じているセラピアの姿は、いいものだ。

心地よい風が吹く。日の光の下は木陰とはいえ明るく、彼女の肌を美しく見せていた。

そんな彼女見ていると、いたずら心が湧いてくる。

「あぁっ、ん、はぁっ……あっ、んはぁっ♥」

「外でこんなことして感じるなんて、セラピアは淫らな聖女だな。今度の儀式……ほんとうに出来るのか？　こんなえっちな聖女でも」

「そんな、あぁっ♥　んはぁっ！」

意地悪に言うと、彼女はさらに感じて嬌声をあげていった。

それと同時に、おまんこもきゅっと締まってくる。

「あふっ♥　んぁ、ヴァールさん、あっ、ん、ふぅっ……」

「ほら、おまんこもいつもより吸いついてきてるみたいだ」

「そんなこと、ん、はぁっ♥　あっ、それは、ヴァールさんのおちんぽが気持ちいいから、ん、あふっ、ああっ！」

彼女は喘ぎながら乱れていく。

「んはぁっ♥　あっ、ん、くぅっ！」

「近くに誰かがいたら、恥ずかしい声が聞かれちゃいそうだな」

「んああっ！　そ、そんなこと、ん、ふぅっ……でも、大丈夫です、いまはこんなところに人なんて、んぁっ♥　あっ、んくぅっ！」

人が来ないのは、互いにわかっている。

しかし、誰かに見つかるということを想像したのか、おまんこはまた反応を示した。

「ああっ♥　ん、くぅっ、あふっ、あっあっ♥」

セラピアも露出行為に興奮し、さらに身もだえていく。

俺はピストンの速度を上げていった。

「んはぁっ、あっあっ♥　ヴァールさん、あっ、そんなに激しく、んぁ、突《つ》かれたら、私、あっ、ん、はぁっ……！」

彼女は嬌声をあげながら身体を揺らしていく。

森の中で乱れる姿は、とてもエロい。

「ん、ああっ！　もう、あっ♥　イってしまいますっ！　んはぁっ♥　あっあっ♥　ん、あうっ！」

「うっ、そんなに締められると、こっちもイキそうだ」

俺はラストスパートをかけながら言った。いつまでも楽しみたい状況だが、そろそろか。

「んはぁあっ！　あっ、ん、くぅっ！　もう、イクッ！　あっあっ、ん、すごいの、きちゃいますっ♥　ああ、んはぁっ！」

蠕動する膣襞を擦り上げ、亀頭で行き止まりを突き込む。野外での行為は、俺をいつもより乱暴な気分にさせた。

「あっあっあっ♥　ん、はぁっ、あふっ、もう、イクッ！　あっ、ん、イクイクッ！　イックウウウウウッ！」

秘穴がいつも以上に締まり、全身を震わせながらセラピアが絶頂する。

「うっ……でる！」

その最高の締めつけに、俺も限界を迎えた。

びゅくっ、どぴゅっ、びゅるるるるっ！

開放的な気分のまま、その膣内に遠慮なく射精する。犯すような後背位であることもあり、なんとも言えない昂りが俺を包んでいた。

「んはぁぁぁっ♥　あ、あっ……ヴァールさんのザーメン、私の中に、んぁっ♥　熱いの、いっぱい出てますっ……♥」

中出し精液を気持ちよさそうに受け止めながら、セラピアが言った。

「あふっ、ん、はぁっ……♥」

うねる膣襞が肉棒を締めあげ、精液を搾り取っていく。

俺は気持ちよさに浸りながら、彼女の中に精を放っていった。

「ヴァールさん、ん、はぁっ……♥」

快楽で脱力した彼女を、後ろから抱きしめるようにして支える。

自然に囲まれながら、しばらくそうして落ち着くのを待ったのだった。

●

この統一劇では、国家間には戦闘はなかった。だから戦勝気分のようなものは、どこにもない。

しかし、それぞれの国が発展させてきた文化の交流は、人々を楽しませている。

対立が長かったこともあり、お互いが持ち込む文化を、かなり新鮮に感じているようだ。

賢者の石による魔法の発展もまた、人々の生活を便利に、そして流通を快適にしていった。

そうして混ざり合った文化を、今いちばん顕著に示しているのは、大陸の中央部。

そう、新たな城ができた、この街だった。

これまでは緩衝地帯となっていた場所。遺跡以外は荒れ地でもあったここに、一気に資材を流し、
新しい街を作った。立地的には滅んだ王国の首都だったのだから、悪くはない。

完全な中立地帯としての意味もあり、それぞれの国からの交流が積極的なので、一旗揚げようという意思がある者たちが集まり、城下町は急速に拡張されていった。

それぞれの国の出身者が集まる住宅街の他に、真の融合を目指した中心部で成り立っている。

配置を意図して作られた街なので、区画はきれいに整理されており、町並みも美しい。

そんな街中を、城の上部にある窓から眺めた。周囲より高さがあるため、街の景色を一望できる。

とくに今日のような晴れた日は、普段より遠くまで目にすることができた。

「ヴァール？」

そんな風に景色を眺めていると、ペリスフィアが声をかけてきた。

「おう、どうした？」

「いえ、用事があったわけではないのだけれど」

そう言って、俺の隣に並ぶ。彼女も同じように、街を見下ろした。

「この街はきれいですわね」

「ああ、そうだな」

単純に新しいとか、町並みが整っている、というのも大きくはあるのだろうけれど。

これまでずっとにらみ合いを続け、徐々に疲弊していっていたそれぞれの国が、手を取り合うようになった象徴でもあった。

ペリスフィアの帝国にせよ、それを統合していった俺にせよ、大きな力によって改革と支配を行ったことに変わりはない。

けれどどちらも結果として、街に暮らす人々は、生活がしやすくなっていった。

今ではみんなが俺を受け入れ、良君主として持ち上げられてくれている。

感慨深く街を眺めていると、ペリスフィアが軽く身を寄せ、しなだれかかってきた。

そこまで素直に甘えてくるのはちょっと珍しいな、と思いつつ、彼女の温かさを感じる。

そうしてしばらくふたりで、賑わう街の様子を見ていたのだった。

「少し、冷えてきましたわね」

そう言って、彼女がさらに身を寄せてくる。

「ああ、そうだな」

俺も答えて、彼女を抱きしめた。

「んっ……」

ペリスフィアは俺の腕に包まれ、密着してくる。細い肩を抱いていると、柔らかなおっぱいが押しつけられてきて、そちらに意識が向いてしまうのだった。

「ヴァール、なんだかドキドキしてますわ」

俺の胸に顔を埋めて、ペリスフィアが言った。

「あんっ♥　もう……」

俺は手を回し、そんな彼女のお尻をなで回すことで応える。

服越しに丸いお尻を触り、そのまま腿のあたりまで手を下ろす。

元々露出の多い彼女の肌をなでると、ペリスフィアも俺の身体に手を這わせてきた。

彼女の手が俺の身体を愛撫しながら、下へと降りていく。

「んっ……」

そしてその手が、俺の股間へと到達した。

「ここ、大きくなってきてますわ♥」

ズボン越しに股間をなで、そのまま軽くつかんでくる。

「あっ♥　わたくしの手の中で、ぐんぐんと……」

肉竿をつかんだまま、先端を摘まむように刺激してくる。

「こんなに硬くして……♥　もうこのままじゃおさまりませんわよね？」

そう言って彼女は、俺を部屋の奥にあるベッドへと導こうとした。

しかし俺は、ペリスフィアのお尻をつかみ、その場でむにむにと刺激していく。

「あんっ♥　もう、そんなにがっつかなくても、ベッドでたっぷりと、んぁっ♥」

俺はそのまま、彼女の割れ目へを手を這わせていった。

「あっ♥　ん、はぁ……ああっ……♥」

すでに興奮してきている彼女は、ちょっとした指先の愛撫にも色めいた声を漏らしていった。

「ん、あっ♥」

俺はそのまま下着の内側に指を忍び込ませ、彼女の割れ目を直接いじっていく。

「ん、あぁ……ヴァール、ん、こんなところで、ん、はぁ……」

彼女は少し恥ずかしそうにしながら、俺のズボンに手を忍び込ませてきた。

「んっ、ヴァールも、あっ♥」

そしてズボンをくつろげると、肉竿を取り出した。

「こんなにガチガチにして、んっ♥」

彼女はそのしなやかな手で、肉竿をいじってくる。

「ベッドにいくのも待ちきれないようなおちんちんは、んっ♥　少しおとなしくさせる必要がありそうですわね♪」

そう言うと彼女は姿勢を低くして、俺に跪《ひざまず》くようにした。

「んっ♥　盛《さか》った、逞しいおちんぽ♥　ヴァールの、オスの匂いがしてますわ……♥」

「うっ……」

そう言って、勃起竿に顔を近づけているペリスフィア。

このアングルは、いつ目にしても刺激的でいいものだ。

美女の顔と肉棒というアンバランスさが興奮を煽る。

「あむっ、じゅるっ♥」

彼女はパクリと肉棒を咥えると、そのまま顔を動かしてきた。

「じゅぷっ、れろっ、ちゅぱっ……じゅるっ……」

「うぉ……今日はいきなりだな」

俺が言うと、彼女はチンポを咥えたまま、上目遣いに俺を見て言った。

「ヴァールが、じゅぷっ……溜まりすぎて我慢できないみたいでしたので。ん、じゅぽっ……」

ベッドに行かず、窓際で始めたのは、必ずしも我慢できなかったからというだけではなかったのだが、まあいいか。

「じゅぽっ、じゅぶっ……♥」

最初から大胆に肉棒をしゃぶるペリスフィアはエロいし、こんな姿を見せられては、彼女が言ったとおり我慢できなくなるので同じだ。

「じゅぽぽっ、じゅるっ、ちゅっ……♥」

彼女は顔を前後に動かし、唇で肉棒をしごきながら、その舌で先端を責めてくる。

「じゅぶっ、ちゅるっ、れろっ♥ ちろろろっ……！」

時折上目遣いに俺の様子を窺いながら、いつもよりハイペースなフェラを続けていった。

「じゅるっ、ん、しっかりと搾り取って差し上げますわ♪ れろれろれろっ！ じゅるるっ、じゅぽぽぽっ♥」

「おぉ……」

そんな彼女の口淫で、俺は高められていった。

「じゅぶぶっ、じゅぽっ、ちゅぅっ♥」

咥えこまれながらバキュームされ、思わず腰を引こうとすると、いじわるな笑みを浮かべたペリスフィアが腰をつかんで顔を寄せてきた。

「逃がしませんわ♪ じゅぶじゅぶっ、ちゅぱっ♥」

「う、ペリスフィア……」

「いつもはわたくしが感じさせられてばかりですもの♪　そんなヴァールが、わたくしのお口に負けてしまうところ♥　見せてくださいな♪」

そう言って、さらに責めてくる。

「じゅぶぶっ、ん、ちゅばっ♥　ふふっ♪　どんどんいきますわよ♪　じゅるるっ、ちゅぼちゅぼっ♥　じゅぶぶっ！」

「うぉ、その吸いつきは……」

「こうですの？　ちゅぼちゅぼっ♥　じゅるっ、ちゅぅぅっ！」

「ああ……！」

彼女は勢いよくフェラを行い、俺を責めてくる。

その気持ちよさに、どんどんと高められていた。

「ん、ちゅぶっ……もう我慢汁が出てきましたわ♪　おちんぽ♥　イキそうですのね？　じゅるるっ、ちゅぶっ、ちゅばっ！」

「ああ、そんなに熱心にしゃぶられたら、うっ……」

「じゅぶじゅぶっ、れろれろっ！」

彼女は俺の反応に気をよくし、さらに追い込んできた。

「こうしておちんぽ舐め回して、れろれろれろっ♥　カリ裏に唇を吸いつかせて、ちゅぼちゅぼっ！

そしてちゅぅぅっ♥」

「ああ、ペリスフィア、うっ……！」

彼女の的確な責めに、射精欲が増していった。

「じゅぶじゅぶっ♥　ん、出してしまいなさいな♪　わたくしのお口に、ん、ヴァールの溜め込んだ精液♥　じゅるるるっ！」

「ペリスフィア、もうっ……！」

俺はこみ上げてくるものを感じ、腰を突き出した。

「んむぅっ！」

チンポを喉の奥まで突っ込まれた彼女が、驚きの表情を浮かべる。

しかしすぐに持ち直して、深く咥えこんだ肉棒を追い込んでいった。

「じゅぶぶぶっ！　じゅるっ、ちゅぱっ！　もう逃がしませんわ♥　じゅぼじゅぼじゅぼっ！　じゅるっ、ちゅぱっ！」

「う、出る……！」

「じゅぶじゅぶじゅぶじゅぶ！　れろれろれろれろっ！　じゅぼぼっ、じゅるっ、んっ、じゅぶぶぶぶぶぶっ！」

「ああ……！」

どびゅっ！　びゅるるるるるっ！

「んんっ！」

俺は彼女の口に、勢いよく射精した。

「ん、んくっ、じゅぶっ、ちゅぅっ！」

「ああ……！　いま吸うのは、うっ……！」

射精中の肉棒に吸いつき、精液を中から吸い出してしまう。

「んむっ、じゅるっ、ちゅぅぅっ♥」

「うぉ……それ、気持ちよすぎる……！」

「ふふっ♥　じゅぶっ、ちゅぅっ！　ちゅぱっ、れろんっ♥」

そうして俺の精液を吸い出し終えると、最後には惜しむように亀頭を舐めてくるのだった。

射精直後の敏感なところを責められ、思わず座り込みそうなほどの気持ちよさに襲われる。

「んく、ごっくん♥　ちゅぅっ……！」

ペリスフィアは満足そうに肉竿を舐めると、ようやく口を離した。

「あはっ♥　ヴァールってば、すごく気持ちよさそうですわ♪　わたくしのフェラで、精液をぴゅっぴゅするの、とてもよかったみたいですわね」

「ああ……すごくよかった」

俺は素直に答えた。すっかりとしゃぶり尽くされてしまった。

元々女帝ということもあり、ペリスフィアはこうして責めに回るのも、結構向いているのかもしれないな……。そんなことを思う。

「ふふっ、それではおとなしくベッドに――」

「いや、次はこっちの番だな」

俺はそう言って彼女を抱き寄せると、そのおまんこへと手を伸ばす。

「あんっ♥　んっ♥」

彼女のそこはもう十分に濡れており、くちゅりといやらしい音がした。

準備万端なおまんこを指先で軽くほぐしていく。

「あふっ、ん、はぁっ……♥　ヴァール、あっ！」

気持ちよさそうに声を出す彼女を支え、片手で腰を抱き、もう片方の手で蜜壺をいじっていった。

「なんなに舐めながら、自分も感じてたんだな」

「んはぁっ♥　あっ、だって、んぅっ、逞しいおちんぽ♥　しゃぶってたら、こっちにも欲しくなって、ああっ♥」

「ああ、すぐにでも入れてやるさ」

「ヴァール、あっ♥　もう、ベッドに、あふっ」

「いや、このままここで、だ」

「きゅっ♥」

俺はそう言うと、彼女を抱きかかえるようにした。

「んっ……♥」

ペリスフィアが肩にしがみついたのを確認してから、滾る肉棒を彼女のおまんこへとあてがった。

「あっ♥　ヴァールの硬いの、んっ♥」

そのまま、立ちっぱなしで挿入していく。

「んはぁっ♥　あっ、ん、ふぅっ……！」

肉棒がぬぷんっと蜜壺に飲み込まれていった。

ペリスフィアを抱えたまま繋がり、突き込むように腰を振っていった。

「あっ♥　ん、はぁっ♥　ヴァール、あっ、ん、ふぅっ……」

そして俺は、少し窓側へと移動する。

「ああっ！　ん、はぁっ、ヴァール？　ん、あうっ……！」

ペリスフィアは喘ぎながら、俺の顔に目を向けた。

「なんでここに、あっ♥　ん、はぁっ……」

「ほら、いい景色だろ？」

「あんっ♥　ん、見えないですわ、それに、あっ……♥」

彼女はぎゅっと俺にしがみつくようにし、少しでも窓から距離を取ろうとする。

といっても、押しつけているから、そんなのはなんの効果もないのだが。

「ああ。高さもあるし、そうそう見上げることなんてないだろうが……もしかしたら、街のほうからも見えるかもな」

「あっ♥　だめぇっ……♥　んぅっ！」

窓から街が見えているということは、逆もしかりだ。

それを意識させると、ペリスフィアのおまんこがきゅっと締まった。

「高貴な女帝様がチンポを挿れられて喘いでるところを、見られちゃうかもな」

「んはぁっ！　あっあっ♥　そんなの、ダメですわっ！　あっ、ああっ、恥ずかしいっ♥　ん、あぅっ、んはぁっ！」

「うぉ……！」

彼女はぎゅっと俺に抱きついてくる。そしておまんこもまた、肉棒に吸いついてくるのだった。

「あっあっ、ヴァール、こんなの、わたくし、あっ♥　んはぁっ！」

見られるかも、という羞恥でペリスフィアの膣道がうねっていく。少しでも早く俺をイかせてしまおうというのか、それともただ彼女自身が興奮しているということなのか。

「んはぁっ！　あっ、だめぇっ……♥」

あられもない声をあげて感じていく彼女。俺は腰を突き上げて、その蜜壺をかき回していった。

「あぁっ♥　だめ、ん、はぁっ♥」

ペリスフィアは昂ぶりのまま声をあげていく。

「あふっ、ん、はぁっ♥　こんな姿、あっ♥　見られちゃうの、だめですわっ♥　それなのに、あっあっ♥」

ペリスフィアはかわいらしく喘ぎながら感じていく。

膣襞もきゅっきゅと肉棒を咥えこんで、締めつけてくるのだった。

その気持ちよさに、俺も再び高まっていく。

「んはぁっ♥　あっ、ん、ヴァール、わたくし、あっ♥　もう、んぁ、イクッ！　あっ、イってしまいますわっ……♥」

そう言ってさらにしがみついてくる。

「ああ、俺もだ……」

うねる膣襞にしごき上げられ、どんどんと射精欲が増していく。

「んはぁっ♥　あっあっ♥　もう、ん、ふぅっ、こんな格好で、あっ♥　ん、はぁっ、ああっ♥　おまんこ、気持ちよくて、ん、はぁっ！」

嬌声をあげる彼女も、自ら身体を揺らしていく。

「んはぁっ♥　あっ、ん、ふぅっ、ヴァール、ああっ！　わたくし、イクッ！　んぁっ♥　あっあっ、イクウゥウゥウゥッ！」

彼女が絶頂した。俺はこみ上げるものを感じながら、そのおまんこをまだまだかき回す。

「んはぁっ♥　あっ、イってるおまんこ♥　そんな突かれたらぁ♥　んぁ、ああっ！」

「う、出すぞ！」

「んはぁぁぁぁぁっ♥」

そしてそのまま、彼女に中出しをしていく。

「ああっ♥　精液、私の中に、んっ♥　どぴゅどぴゅ出てますわ……んぁっ♥」

俺の熱い欲望を受け止めて、彼女がうっとりと声をもらした。

「あふっ……はぁ♥」

彼女は淫らに息を吐きながら、俺に抱きついていた。

俺はそんな彼女を、今度こそベッドへと運んでいったのだった。

エピローグ　大陸一のハーレムライフ

大陸統一によって、これまでは交流のなかった三カ国の技術が流入し合い、全体的に環境がよくなっていった。

賢者の石が完成したことによる、古代魔法の復活や新規魔法の存在もそれを後押しし、たった一年で数十年分の発展を遂げているようにさえ思う。

道路の舗装なども進み、衛生面でも圧倒的に改善されていた。

元々、それぞれの中心都市は十分に栄えていた。様々な物品も入ってきていたし、貧しくはない。争わなかったおかげだ。だからこそ、他国の技術が流れてきたときには、すぐに反映出来た。

王都などはともかく地方に住んでいた人たちにとっては、流通の改善は生活を一変に変えたので、喜びの声が聞こえてくる。

都市部だってもちろん、新たな魔法によって様々な手間が減り、生活が楽になっていた。

新たな産業も次々に生まれ、街が賑わいを見せている。

中でも俺たちの城が完成した場所——大陸の中心にあたるこの街には、様々なものが絶え間なく集まってくる。

位置的にも各国の中心だし、ここがバイパスになることで、全体がスムーズに動く。

課題はいくらでもあるが、大陸での暮らしは明るい未来に包まれていた。

まずは石の力で出来るだろう一通りのことが済み、俺はまたハーレム生活を堪能している。

弟子のような魔法使いも増え、俺がすることは日に日に減っていく。

助かってはいるが、その弟子たちのせいなのか、俺はいつのまにかまた「賢者」などと呼ばれ始めてもいた。まあ、魔王とか帝王とかよりはしっくりくるので、ほおってくことにする。

それよりも美女に囲まれ、いちゃいちゃと過ごす素敵な日々こそが俺の望みなのだ。

今夜は、三人がそろって俺の部屋を訪れたのだった。

「ヴァール、今日はみんなできたぞ」

アドワが元気に言い、そのまま俺に抱きついてくるので、ぎゅっと抱きとめた。

大きな胸が俺の身体に当たり、心地よい圧迫がある。俺はこれが大好きだ。

幸福感を得ていると、セラピアとペリスフィアもこちらへと来て、俺をベッドへと誘っていくのだった。

「ヴァールさん、脱がせますね」

そう言って、セラピアが俺の服に手をかけてくる。

こうした複数での行為にもすっかりと慣れ、彼女は手際よく俺の服を脱がせていった。

俺は脱がされつつ、ペリスフィアのほうの服に手をかけていく。

「あら、そんなにわたくしの裸が見たいんですの？」

彼女は挑発するような笑みを浮かべながら、素直に脱がされていく。

たゆんっと揺れながら現れる大きなおっぱい。俺はそのまま、彼女の素肌へと手を伸ばした。

「あんっ♥」

むにゅりと手が沈み込んでいく。

「ん、もうっ……♥」

彼女は少し顔を赤くしながら、素直に俺の指を受け入れている。

ペリスフィアの爆乳を楽しんでいた間に、俺の服はすべて脱がされていた。

胸から手を離すと、アドワが優しく押し倒してくる。

彼女は俺の上に跨がると、そのまま下半身へと身体をずらしていった。

「ヴァールのおちんちん、かわいがってあげる♪」

そう言って、まだおとなしいペニスを手にすると、優しく刺激してくる。

淡い刺激が、肉竿を感じさせていく。

「ん、しょっ……」

「わたくしも、よしよしして差し上げますわ♪」

そう言って、ペリスフィアは亀頭を掌《てのひら》でなでてくる。

「うっ……」

ふたりに同時に肉竿を刺激され、そこがすぐに反応を始めた。

「わっ、あたしの手の中で、おちんぽ膨らんできてる♥」

「ぐんぐんっと伸びて、わたくしの手に懐いているみたいですわ♪」

勃起していく肉棒を、彼女たちは楽しそうに刺激していた。

「それじゃあ、私はこちらを……」

「おぉ……」

セラピアは俺の乳首へと手を伸ばしてきた。そして指先で、軽くいじってくる。

「男の人も、慣れると乳首って感じるみたいですよ♪」

そんなことを言いながら、セラピアは乳首を愛撫していた。

「くすぐったい感じだな」

くすぐったいが、これそのものは悪くない。

ふたりにが肉竿を刺激しているので、快感も十分ともいえた。

「ん、しょっ……大きくなってきたし、いろいろできるね」

「ヴァールはおっぱいが好きみたいですし、こうして、えいっ♥」

ふよんっとペリスフィアのおっぱいが肉竿を柔らかく刺激した。

「あ、じゅああたしも、えいっ♥」

そしてそのまま、アドワもおっぱいを押しつけてくる。

ふたりの大きなおっぱいが、肉竿をあちこちからむにゅむにゅと刺激してくる。

「こうやって、むぎゅー♪」

「ん、硬いのが、おっぱいを押し返してますわ……♥」

そう言ってふたりがその胸で肉竿を圧迫してくる。

柔らかな刺激に包み込まれるのはとても気持ちがいい。

「ん、しょっ……」

「むにゅー♪」

彼女たちは左右から、その豊満な胸を押しつけてくる。

「ヴァールさん、気持ちよさそうなお顔してますね♪」

乳首をいじりながら、すぐ近くに顔を寄せて、セラピアが言った。

「ああ……」

頬を赤らめたセラピアの顔が間近にあるのは、少しドキドキしてしまう。

相変わらず整った、優しげな美人だ。

そんなセラピアに見とれている間にも、肉竿のほうはふたりのおっぱいに包み込まれ、刺激されていった。

「ん、しょっ……♥」

「おちんぽ、むぎゅー♪」

それぞれのおっぱいを寄せ合い、肉竿を柔らかに圧迫していく。

俺はしばらく、その気持ちよさを味わっていくのだった。

「おっぱいの間からはみ出している先っぽを、れろっ♥」

「うぉ……」

ふたりの乳房に挟まれ、その谷間から顔を出していた亀頭が舐め上げられる。

「あんっ♥　おちんぽ、ぴくんって跳ねた♥」

その刺激に思わず反応した肉竿に、アドワが嬉しそうに言うと、彼女も舌を伸してきた。

「れろっ、ちろっ……」

「あ、それなら、私はこうして、あむっ♥」

「セラピア、うっ……」

彼女は逆向きに俺に跨がると、肉竿へと口元を寄せていく。

セラピアの口が、ぱくりと亀頭を咥えこむ。

そして俺の目の前には、彼女のおまんこがくるのだった。

一対一なら、シックスナインのような姿勢だ。

それだけでも十分にエロい。

しかし、今はさらに、おっぱいでも肉棒が圧迫されているのだ。

「あはっ♥　咥えられた分、おちんぽが濡れて滑りがよくなりましたわ♥」

「セラピアが先端をお口で刺激して、あたしたちはこのおちんぽをおっぱいで気持ちよくしてあげる。ん、しょっ♥」

「ああ……すごいぞ、みんな」

ふたりは再びパイズリに集中し、その柔らかなおっぱいで肉棒を包み込み、擦り上げてくる。

「ん、しょっ……」

「えいえいっ♥」

「んむっ……れろっ、ちゅっ、じゅぷっ……♥」

ふたりが胸をぐっと持ち上げるときに、セラピアは一度肉竿を放す。

口内から出た亀頭は、すぐにふたりのおっぱいにむにゅりと包み込まれた。

そうすることで唾液がますます肉棒を濡らしていき、滑りをよくしていく。

くちゅり、とおっぱいが卑猥な音を立てながら肉竿を飲み込んでいく。

「ん、ふぅっ……」

「あはっ♥　おちんぽがおっぱいを押し返して、ん、むぎゅー♪」

乳圧が高まり、肉棒を柔らかく押しつぶす。

「あんっ♥　そんなにむぎゅっとしたら、わたくしまで、んっ♥」

向かい合わせのおっぱいを押しつけられ、ペリスフィアが甘い声を漏らした。

「わたくしも、むぎゅー♪」

「んぁっ♥」

そしてお返しとばかりに、彼女のほうも胸を押しつけてきた。

アドワもそれを受けてかわいい声を出す。

そんなふたりのおっぱいに挟まれている肉棒が、むにゅんと圧迫されていく。

「ん、はぁっ……♥」

「あふっ……♥」

そしてそのまま、ふたりが胸をズリ下ろしていく。

柔らかな双丘に肉棒が擦りあげられて、先端が顔を出した。

「あむっ、じゅぶっ……♥」

そしてそこを、セラピアが再び咥えてくる。

「れろっ、ちゅぶっ……」

おっぱいに挟み込まれながら先端をしゃぶられるのは、とても気持ちがいい。

三人の美女に囲まれてご奉仕されているという豪華感も相まって、俺の昂ぶりは増していく一方だった。

「じゅぷっ、ん、ちゅぱっ……♥」

「あふっ、ん、しょっ……♥」

フェラとパイズリを堪能しながら、俺は目の前のおまんこへと舌を伸した。

「あんっ♥　あっ、ん、あぁ……♥」

割れ目を舐めあげると、セラピアがかわいらしく反応する。

もっとしてほしい、とおねだりするかのように、自分のおまんこアピールしながらこちらへと押しつけてくるのだった。

俺は舌で割れ目をかき分けて、その秘裂を刺激していく。

「んぁ、ああっ♥　ふぅ、んんっ♥　れろっ、ちゅぶっ……じゅぼっ♥」

「おぉ……」

セラピアは舌の刺激に感じながら、肉竿をさらに責めてきた。

「れろろっ……ん、ちゅばっ♥　ちゅぶっ、ちゅぅっ♥」

俺もそんな彼女のおまんこを、舌先でかき回していく。

膣粘膜を擦り上げ、抜き差しを行っていった。

「んはぁっ♥　あっ、ん、ふぅっ……じゅぶっ、ちゅばっ、ちゅぽっ♥」

「あはっ♥　おちんぽを咥えてる姿って、えっちだなぁ」

「確かに、あまり見る機会もありませんものね♪」

パイズリを行っているペリスフィアたちは、そんな風に言いながら、むにゅむにゅとおっぱいで刺激してくる。

そんな彼女たちの責めを受け、俺は限界を迎えつつあった。

「あむっ、じゅぶっ、ちゅばっ……♥　あふっ、ん、はぁっ……ヴァールさん、ん、れろっ、ちゅぶっ、じゅるるっ……！」

色っぽい声を漏らしながら、肉竿に吸いついてくるセラピア。

俺はその蜜壺を刺激しながら、精液がこみ上げてくるのを堪《こら》えていた。

「じゅぶぶっ……♥　れろっ、ちゅばっ、ん、んむっ♥　じゅぽっ、ちゅぅっ……！」

彼女は肉竿をしっかりを咥えこみ、口を離さないようにしながらも、感じているようだった。

「んむ、うぅっ♥　ん、んん……！　じゅぶぶっ、ちゅぅっ、じゅるるっ！　じゅぽじゅぽっ♥　じゅるるっ！」

「じゅぼぼっ！　じゅぶっ、んんっ！　ん、んぁっ♥　じゅるるっ、んっんっ！　じゅぶっ、じゅるっ、じゅるるるるるるっ！」

「う、もう出る……！」

「うぁ……！」

セラピアは肉竿をしゃぶりながらイキ、その瞬間に肉棒をバキュームしてきた。

そんな吸いつきには耐えられず、俺も彼女の口内に精液を放っていく。

「んむぅっ♥　ん、んんっ！」

彼女は口内で精液を受け止め、そのまま飲み込んでいった。

「ん、んくっ、ん、ごっくんっ♥」

そしてやっと口を離すと、俺のほうへと振り向いた。

「あふっ、ヴァールさんの精液、いただいちゃいました♥」

とろとろにおまんこを濡らしながら言う姿は、とてもエロい。

三人が一度俺から離れたので、上半身を起こした。

「ね、ヴァール……あなたの、まだ元気なおちんぽ……♥」

そう言って、ペリスフィアが硬いままの肉竿を軽く握った。

「次はわたくしのここで、気持ちよくなってくださいな……♥」

そう言った彼女は後を向いてから、俺の膝に跨がった。

「ああ、そうだな」

俺は背面座位で、彼女を抱くことにする。

「もう入りそうなくらい濡れているのか？」

俺が尋ねると、彼女は少し恥ずかしそうに答えた。

「そ、そんな意地悪なこと、聞かないでくださるかしら……！　ん、ヴァールのおちんぽを胸で挟んでいて、もう……わたくしのおまんこは濡れてますわ……♥」

すねるかのようなものいいが、かわいらしい。

そんな彼女の姿に、俺の肉棒も反応してしまう。

「も、もうっ……♥　挿れますわよ……」

ペリスフィアは軽く腰を上げると、肉竿を自らの割れ目へとあてがった。

「ん、はぁ、ああっ……♥」

そしてそのまま、腰を下ろしてくる。蜜壺が嬉しそうに、肉竿を咥えこんでいった。

「ああっ……♥　ん、はぁっ……」

俺の腰にとすんと腰を下ろした彼女は、小さく声を漏らす。

蠕動する膣襞が肉棒を刺激してきた。

もうすっかりと濡れていたおまんこは、喜ぶように肉竿をに絡みついてくる。

おっぱいに挟まれるのもとてもよかったが、やはりおまんこは別格だ。

「あふっ、ん、ああっ……おちんぽが、中に、んぅっ……♥」

ペリスフィアは緩やかに腰を動かしはじめた。

濡れた膣襞が肉棒を擦り上げていく。

「あふっ、ん、はぁ……」

俺の上に座る形でも、自ら腰を振っていくペリスフィア。

俺はそんな彼女の背中やうなじを眺める。

白くなめらかな肌。生まれながらの上流階級である彼女の、美しい裸身。

「あぁっ♥　ヴァール、ん、はぁ、ああっ♥」

ペリスフィアが腰を動かしながら喘いでいく。

俺は膣襞の気持ちよさを感じながら、それを眺めていた。

「ヴァールさん、むぎゅー♪」

「あたしもぎゅっと抱きついて、れろっ♥」

すると左右からはセラピアとアドワが抱きつき、さらに舌を這わせてきた。

ふたりの柔らかなおっぱいを押し当てられて心地がいい。

「ヴァールさん、ぺろぉ♥」

「れろれろっ、ぎゅー♥」

彼女たちの愛撫に、気持ちよさが膨れ上がっていく。

「ん、おちんぽ、わたくしの中で跳ねて、ああっ♥」

三人の美女に求められるハーレムプレイは最高だった。

「あっ♥　ん、はぁっ、ふぅっ、んぁっ……」

ペリスフィアが腰を振り、残りふたりが左右から俺を責めてくる。

「れろっ、ちろっ……」

「むにゅむにゅ、ぎゅー♪」

「ああ……」

その気持ちよさに、思わず声が漏れる。

「あふっ♥ ん、はぁっ、ああっ……♥」

彼女は盛り上がり、腰を振る速度を速めていった。

俺の目の前で美しい髪が揺れ、きれいな背中が上下していく。

視覚的な刺激は、正面を向き合ってのときよりも小さい。

感じている顔も、揺れるおっぱいもこちらからは見えないしな。

しかし、膣道の気持ちよさは十分に感じられるし、今は左右から抱きつかれている状態だ。

「ヴァールさん、お顔、とろけてますね♪」

「本当……ん、ちゅっ♥」

少し視線をずらすと、裸で抱きついている美女ふたり。

それはオスを楽しませるのには十分すぎる光景だ。

「ああっ♥ ん、はぁっ、ん、ふぅっ……♥」

「れろっ、乳首もこうして、れろろろっ……♥」

「ヴァール、ん、ちゅぷっ……」

セラピアは俺の乳首へと舌を這わせてくる。

そしてその爆乳をむにゅむにゅと押しつけ、自らの乳首を俺の身体で刺激しながら、こちらの乳首も愛撫してくるのだった。

「れろろっ、ちろっ……♥」

柔らかな乳房の中に、くりくりとしこりのような乳首を感じるのは、なんだか不思議なエロさがあるものだ。

「ん、れろっ、ちろろろろっ……」

そして乳首が感じやすいセラピアが、こちらのそれを丁寧に舌で刺激してくる。

彼女ほど感じやすいわけではない俺だが、聖女が男を興奮させるために奉仕しているという姿のエロさはそそるものがある。

「れろっ、ちろろっ……♥」

「ふふっ、それじゃ、あたしはお耳をれろっ、ちゅぶっ♥」

「うっ……」

アドワはこちらの耳を優しく唇で挟んだり、舌で舐めたりしてくる。

くすぐったさとともに、卑猥な水音が響いていった。

「れろっ、ちゅぱっ♥　じゅるっ……」

耳だということもあって、他のどこをいじられるよりも水音が響いてくる。

「れろっ、ちゅぷっ、ちゅぱっ♥」

ゾクゾクきてしまうようなそれだが、挿入中となると、下半身のほうで鳴る卑猥な水音のイメージとも合わさって、さらにエロいのだった。

「んはぁっ♥　あっ、ん、くぅっ……！」

「じゅぷっ、ちろっ、ちゅぱっ♥」

「ちろちろっ、れろろろっ……」

三人が俺を包み込むようにして、快感を与えてくる。

「んおぉ♥　あっ、ん、くぅっ、ああっ！」

ふたりが愛撫を行う最中も、ペリスフィアが腰を振っていった。

蠢動する膣襞が肉棒を擦り上げていく。

「ああっ♥　ん、はぁ……ヴァール、ん、ああっ……♥　わたくし、あっ♥　もう、ん、ふぅっ、あっ……！」

彼女は嬌声をあげながら、腰を激しくふっている。

「うぉ……！」

挿入の角度を変えながら、膣襞も肉棒を締めつけ、強く擦り上げてくる。

「ああっ♥　ん、ふぅっ、あふっ♥」

その気持ちよさに、俺のほうも射精欲を刺激されていった。

「あっあっ♥　ん、はぁ、ああっ……」

「ペリスフィア、いくぞ」

俺はこみ上げてくる欲動を感じながら、腰を突き上げる。

「んおぉっ♥　あっ、ヴァール、それ、んぁっ♥　おちんぽ、突き上げるの、ダメですわ、んはぁっ♥　ああっ！」

ペリスフィアは快感に悶え、頭を軽く振る。

髪が揺れる姿も色っぽいものだ。俺はそんな彼女をどんどん突き上げていく。

「おぅっ♥　あっ、おちんぽ♥　ん、はぁっ！　わたくしの中、んぁっ♥　いっぱい、突いちゃってて、ん、あっあっ♥」

背筋をくねらせながらも、なんとか動こうとする。

「んぁ、ああっ！　イクッ！　もうイクッ♥　んおぉっ！　おまんこイクッ！　あっあっあっ♥　んぁ、ああっ！」

ペリスフィアは喘ぎ、絶頂へと乱れていく。

膣襞がうねり、肉棒へおねだりするようにしごき上げてきた。

「んおぉっ♥　あぁっ！　あふっ、すごいの、イクッ！　んぁ、イクイクッ！　イックウゥゥッ！」

背中をのけぞらせながら、彼女がついにイった。

その締めつけに、俺の射精欲も限界を迎える。

「うぉ……！」

俺は最後に一度、どんと腰を突き上げ、彼女の奥深くへと届かせる。

どぴゅっ、びゅるるるるるっ！

そしてそのまま、中出しを行った。

「んはぁぁぁっ♥　わたくしの中に、んぁっ♥　熱いザーメンびゅくびゅく注がれてますわ……♥　あっ、んんっ……」

絶頂するおまんこにタイミングよく中出しを受けた彼女は、それをしっかりと受け止めていく。

膣襞が肉棒を、最後にもう一度絞り上げてきた。

「ん、はぁ、あぁっ……♥」

そしてペリスフィアは俺の上から腰を上げ、そのままベッドへと倒れ込んだ。

一対一なら、このままひと心地ついて俺も休むところだが……。

「で、ヴァール、ん、ぎゅー♥」

そんな俺にアドワが抱きついて、そのまま押し倒してくる。

彼女はすっかりと潤んだ瞳で俺を見つめた。

「ヴァールのおちんぽ♥　まだまだいけるよね？」

「ああ、もちろんだ」

断るはずがなかった。だが俺は身を起こし、反対に彼女を押し倒す。

「あんっ♥」

アドワはそれに逆らうことなく仰向けになると、俺を見上げる。

そんな彼女の足をぐいっと開かせた。

「んっ……♥」

はしたなく開かれたアドワの足。

その付け根では、ぬれぬれのおまんこが薄く花開いていた。

愛液をあふれさせいるそこが、肉棒を求めてひくついている。

俺はその膣口に、滾ったままの肉棒をあてがった。

「あん、ん、はぁっ……♥」

軽く腰を動かして割れ目をなで上げると、アドワは気持ちよさそうな声を漏らす。

「ヴァール、んっ……♥」

そして待ちきれないというように、自らも腰を動かして、そのおまんこで肉棒を擦り上げてくるのだった。

彼女のエロいおねだりに応えるように、俺は肉棒を挿入していった。

「ん、ああっ……！」

ぬぷり、と肉棒が膣襞をかき分け、入っていく。

「あふっ、ん、はぁ……ヴァールの、ん、逞しいのが、あたしの中に、いっぱい……♥　ん、ああっ……ふぅっ、んっ」

蠢動する膣襞の歓待を受けながら、俺は腰を動かし始める。

「ああっ♥　ん、あふっ……！」

肉棒が内部をぐいぐい擦りながら、何度も往復していく。

「ああっ♥　ん、あぅっ……！」

待っていたぶん敏感になっているようで、彼女は可愛い声で感じていった。

俺はそんな彼女の蜜壺を、余すことなく擦り続けていく。

「んはぁっ、ああっ……！　ヴァール、ん、ふぅっ♥」

アドワはおまんこを突かれながら感じ、どんどんとろけていく。

「あぅっ♥　ん、はぁ……ああっ……♥」

ピストンを行うのに合わせて、彼女の身体が揺れていく。

「あふっ、ん、はぁっ♥」

同じように弾むおっぱいを眺めながら、さらに腰を振っていった。

「んはぁっ♥　あっ、ん、くぅっ！　ヴァール、あっあっ♥」

アドワの声が一段高くなり、盛り上がっていくのを感じる。

とろとろになったそのおまんこを、俺は容赦なく責めていった。

「んはぁっ♥　あっ、ん、ふぅっ、おちんぽ、すごすぎて、ああっ♥　イクッ！　ん、はぁっ、イっちゃうっ♥」

彼女嬌声をあげ、上り詰めていった。俺は腰を動きを速め、そんな彼女を押し上げていく。

「んああっ♥　あ、ああっ……♥　おまんこ、気持ちよすぎて、あっ♥　イクッ！　ん、あっあっ♥　んくぅぅぅっ！」

アドワは大きく声をあげながらイった。

「うっ……しまる……！」

膣襞がぎゅっと肉棒を咥えこんでくる。きつさの増した秘穴だが、俺は強引に突く。

「ああっ♥　そんなにされたら、あたし、ん、はふっ、ああっ♥　また……」

敏感なところを刺激されて、彼女はさらに感じていった。

「おちんぽ、そんなにパンパンされたらぁ♥　あっ、だめ、んぅ♥」

アドワは乱れきった様子で俺を見上げた。

「あっあっ♥　だめ、またイクッ！　ん、イクウゥゥゥゥッ♥」

そしてふたたび絶頂し、何度も震えた後で、そのまま脱力していく。

俺はアドワが落ち着いてから、肉棒を引き抜いた。

「セラピア」

「あっ♥」

そしてそのまま、セラプアを抱き寄せる。

三人と過ごす暑い夜は、まだまだ続いていく。

体力がつき、朝になるまでずっと、美女たちに囲まれてセックスを楽しんでいくのだ。

その幸せに、俺は満たされていく。

こんなエロく最高の日々が、これからも続いていくのだ。

熱く滾る肉棒を聖女のおまんこに挿入し、思いのままに楽しんでいくのだった。

あとがき

みなさま、こんにちは。もしくははじめまして。赤川ミカミです。

嬉しいことに、今回もパラダイム様から本を出していただけることになりました。

これもみなさまの応援あってのことです。本当にありがとうございます。

さて、今作は大きな力を手にした主人公がその力を狙われたことで、逆に各国と高貴な美女を手に入れていく話です。


本作のヒロインは三人。

まずは聖女であるセラピア。

教会が大きな力を持つ国で、象徴的な存在である聖女の彼女。

その肩書きにふさわしく、穏やかで優しい性格の彼女は教会内外からの評価も高い、清楚な美女です。

そんな彼女ですが、聖女らしい振る舞いを続けるうちに、実は性的なことに興味津々という欲求を募らせてしまった一面があります。

そこを主人公に刺激されることで欲望を解放し、彼の手に落ちていきます。

次に、魔王であるアドワ。

個の力を重視する魔族の中で、最強である魔王の彼女。突然現れて、一気に王国を手にした主人公に興味を抱きます。

魔王という称号のイメージに反し、明るくまっすぐな性格の彼女は、主人公の力を見て惚れ込んで迫ってくるようになります。

最後は女帝であるペリスフィア。

帝王としての実績もあり尊大な彼女は、主人公にも上から目線で接しますが、これもまた魔法の力で淫らに堕とされていきます。

そんなヒロイン三人とのいちゃらぶハーレムを、お楽しみいただけると幸いです。


それでは、最後に謝辞を。

今作もお付き合いいただいた担当様。いつもありがとうございます。またこうして本を出していただけて、本当に嬉しく思います。

そして拙作のイラストを担当していただいた一〇〇円ロッカー様。本作のヒロイン達をたいへん魅力的に描いていただき、ありがとうございます。今回は特にカラーイラストの、三人のムチムチなお尻が素敵です！

最後にこの作品を読んでくれた方々。過去作から追いかけてくれた方、今作で初めて出会った方……ありがとうございます！

これからも頑張っていきますので、応援よろしくお願いします。

それではまた次回作で！

二〇二一年九月　赤川ミカミ

キングノベルス

最《さい》強《きょう》クズ賢《けん》者《じゃ》の完《かん》堕《お》ちハーレム！
～聖女《せいじょ》も魔王《まおう》も女帝《じょてい》も快楽《かいらく》に負《ま》ける～

2021年 10月29日 初版第１刷 発行

■著　　者　　赤川ミカミ
■イラスト　　100円ロッカー

発行人：久保田裕
発行元：株式会社パラダイム
〒166-0004
東京都杉並区阿佐谷南1-36-4
三幸ビル4A
TEL 03-5306-6921
印刷所：中央精版印刷株式会社

KN096

資産一〇〇〇億Gの大富豪、溺愛ハーレムをつくる
欲しいなら全て手に入れる!
愛され領主には、
最高の妻が必要さ♥
愛内なの
Nano Aiuchi
illust: TOYOMAN
レオンは貴族家に転生し、知識を活かした領地経営に成功した。巨万の富を得たことで、次には嫁候補をと家から求められてしまう。その気はなかったレオンだが、献身的なメイドのネイや、才気溢れるお嬢様ロディアとの関係が進むと…。